Glück

Erzählungen

Ralph Gehrke

2022 Ralph Gehrke
Rheiner Landstr. 65
Osnabrück
facebook.com/drgehr

ISBN: 978-3-00-073131-0

Ich liebe Den, welcher sich schämt, wenn der Würfel zu seinem Glücke fällt und der dann fragt: bin ich denn ein falscher Spieler? – denn er will zugrunde gehen.

(Friedrich Nietzsche, Also sprach Zarathustra: Vorrede)

INHALT

Aller Anfang

And I'm caught one more time
Up on Cyprus Avenue,
die bei uns Schillerstraße hieß,
... And all the little girls rhyme something
On the way back home from school ...
und von dem, was die Mädchen auf dem Weg von der Schule nach Hause verlauten ließen, sind mir keine Reime in Erinnerung, sondern Lachen und Blicke, wie man sie in Momenten aufnimmt, die das Erwachsenwerden Stück für Stück zu entzaubern trachtet. Da laufen sie, die Sabines, Heikes, Petras, ein paar Schritte vor mir, Monika, Steffi und Ulla auf der anderen Straßenseite.

Es ist Sommer und die Luft stockt in Erwartung. Alles scheint gespannt und aufgeladen, weil das Wochenende beginnt und - weil das Geheimnis unberührt lebt.

Heute soll es aufgedeckt werden. Endlich! In Person von Cornelia, die natürlich Conny genannt wird, auch von mir. Nie hatte mich eine fassbarer wissen lassen, was alle Jungs, die ich kannte, so verdammt interessierte und einige verrückt werden ließ. Also fast.

Das muss dran liegen, dass sie älter ist als ich. Ein ganzes Jahr.

Mensch, hast Du ein Glück, meint Friedrich, der es wissen muss.

So richtig zugetraut hat er mir so ´ne scharfe Alte nicht. Respekt!

Er hat schon einen Führerschein, kreuzt am Wochenende mit dem BMW seines Erzeugers durch die Gemeinde. Die Präservative stecken im Seitenfach an der Fahrertür, hat er mir mal gezeigt.

Die Sorte, die ich vorgestern in der Drogerie geklaut habe, lauert in meiner Schultasche, ebenfalls in dem abgenähten Seitenteil, ganz unten.
Ich hab´ sie eigentlich nicht stehlen wollen, ehrlich. Es schien mir letztlich nur ungefährlicher als kaufen.
Eine Spontanaktion, aus Scham, genauer gesagt aus Schiss davor, beim Bezahlen hochrot anzulaufen. Oder irgendwie pervers aufzufallen, etwas in der Art, wie es einem einfach nicht unterlaufen durfte.
... *Wait a minute, yonder come my lady*
rainbow ribbons in her hair,
six white horses and a carriage,
She's returning from the fair.

Conny kam aus dem Büro, in dem sie ihr erstes Lehrjahr anging, mit dem Fahrrad. Im Korb auf dem Gepäckträger alle BUs, die man so benötigt. Obenauf die Decke, auf der es heute passieren sollte. Die kannte ich schon.
Allein, dass sie solche Kürzel wie BU aus dem Effeff beherrschte, zeigte einfach, wieviel sie mir voraus ist. Im Umgang mit Reißverschlüssen und Gürtelschnallen ist sie sowieso unschlagbar. Was wusste ich dagegen schon von Beischlafutensilien, als ich von ihr zum ersten Mal darin unterrichtet wurde, wie man einen BH öffnet, ohne dabei die ganze Kledage zu verkrausen. Oder das Höschen runterzustreifen und dabei eben nicht den Rock zu weit hochzuschieben. Vorsicht war das oberste Gebot, solange wir uns unter fadenscheiniger Begründung in ihr Mädchenzimmer auf die Couch zurückzogen, um „Musik zu hören". Auch wenn ihre Mutter im Grunde wusste, was da im Busch war, durfte es nie so aussehen.
Susi, Ihre Schwester, wusste dagegen mehr als Bescheid. Sagte aber nix.

Sie war 18 und weiter fortgeschritten, was die Ausübung der Liebe betraf. Musste irgendwie in der Familie liegen. Daher verfügte sie auch über einen BuKo, einen Beischlafutensilien-Koffer, für ihre samstäglichen Ausflüge zu ihrem festen Freund. Mit dem sie sich im Übrigen bald verloben würde, wenn Conny das richtig sah.
War das nicht alles schon aufheizend genug, ging es mit der sukzessiven Erwärmung im Frühling unter Connys Führung weiter zur Sache.
Schmusen mit Anfassen nannte sie das und was darunter zu verstehen war, sollte ich in diesem Sommer, der nicht zu enden schien, in immer fortgeschritteneren Lektionen Nachmittag für Nachmittag lernen, sowohl affektiv als auch kognitiv.
Wenn ich´s kapiert hatte, und das klappte meistens schnell, tat ich vor Friedrich und Konsorten so, als wäre ich die treibende Kraft bei dem Spiel. Das sich für uns immer als ein verbotenes darstellte, wodurch sich alles spannender erzählen ließ.

Und heute soll es nach Connys Planung zur ultimativen Lektion kommen.
Obwohl das laut Friedrich das höchste der Gefühle ist, was da kommen soll, ist mir etwas komisch zumute.
... my t-tongue gets tied
Every, every, every time I try to speak
My tongue gets tied
Every time I try to speak
Conny scheint ebenfalls nicht so entspannt wie sonst. Mir fällt ein, dass sie heute allenfalls theoretisch überlegen sein kann, praktisch ist ausgeschlossen.
Aber wenn ich das jetzt weiter ausmale, hilft das irgendwie nicht weiter.
Um den schönen Tag gar nicht erst ins Stocken kommen zu lassen, präsentiert sie mir die BUs.

Also, die Decke kenne ich ja. Logisch.
Sonnenmilch. Klar, die Sonne und überhaupt.
Kleenex, haben wir schon öfter gebraucht.
Und was ist in der Tube?
Sei nicht so neugierig, eine Pflegecreme für die Frau, wenn du´s genau wissen willst.
Will ich gar nicht so genau, und, als wolle sie ablenken, lässt sie mich etwas entdecken, was die Fantasie ins Kraut schießen lässt: ein frisches Höschen zum Wechseln. Ein blütenweißer Minislip.
Von *Für Sie*, werde ich weiter aufgeklärt. So etwas trägt die moderne Frau heute, weiß Conny natürlich. Was wieder mal beweist, was für ein erfahrenes Mädchen ich habe.
In solchen Momenten werde ich mich richtig glücklich geschätzt haben.

Ende der Vorstellung. Vorerst!
Das kommt mit Betonung und lässt mich auf eine weitere Überraschung hoffen. Dass ich das wichtigste Utensil in der Tasche habe, bleibt unerwähnt. Über so etwas reden Frauen nicht, sie erwarten es einfach. Sagt Friedrich, und der muss es wissen.
Wie hätte ich es auch sagen sollen? Guck mal die guten Extrafeuchten oder wie?
Natürlich hat Conny Sachen zum Naschen dabei und Cola in der Kühltasche.
Ich selbst habe gepackt wie für einen Ausflug ins Freibad. Dorthin sollte es nach der Schule gehen, habe ich zu Hause erzählt.
Interessiert hat´s eigentlich keinen. Hauptsache, der Junge machte keinen Quatsch.
Ob das, was der Junge an diesem Freitag vorhatte, darunterfiel?

Egal! Wir radeln los.
Conny fährt voraus, weil sie auch heute genau weiß, wo´s langgeht.

Wie schön sie ist, meine Freundin, wie sie dort vor mir durch den Sommer fährt. Der Rock, der ihr so verdammt gut passt, spannt und entspannt sich im Rhythmus der Trittbewegungen. Im nächsten Moment fixiert sich meine angetriggerte Fantasie auf die sich unter der luftigen Bluse abzeichnenden Schattenrisse des BHs. Als würde das alles nicht schon für Verwirrung genug sorgen, bringen die sich im Fahrtwind wiegenden blonden Haare die Sinne noch heftiger ins Flimmern

... my heart keeps beating faster
And my feet can't keep still.

Lange Fahrradtouren waren schon damals nicht meins, aber an diesem Tag fiel mir das Strampeln so leicht wie nie. Mit einem Kopf voller Flausen dem ersehnten Ziel entgegen.

Heute geht es nicht an den Deich oder auf ein verstecktes Stück Rasen im Park, heute würde es nicht beim proaktiven Schmusen und Fummeln bleiben.

Daher sei es umso wichtiger, ein Plätzchen zu finden, an dem uns kein perverser Spanner, keine stadtbekannten Petzen oder, schlimmer noch, Tratschtanten aus ihrem Großhandelsbüro aufstöbern können, hat Conny richtig vorausgedacht.

Stell dir nur vor, meine Chefin, die alte Schreckschraube, würde uns in Flagranti erwischen, was das gäbe ...

Nein, so etwas soll uns heute nicht passieren, deshalb nehmen wir eine längere Anfahrt ins Glück in Kauf.

Hinaus zur Geeste-Schleuse und dann weiter am Uferweg lang, bis Gras und Sträucher hoch genug wachsen, dass man nicht mehr von außen beobachtet werden kann, wenn es auf die Decke geht.

Das Areal an der Geeste sei dafür ideal, weiß Conny von ihrer Schwester.

Ergo sollten meine gesammelten Empfindungen weiter in Vorfreude schwelgen.
Eigentlich. Aber irgendetwas stimmt plötzlich nicht mehr. Weil ...
Weil meine Konzentration in einem gedankenverlorenen Moment den Anschluss an die Attraktionen vor mir zu verlieren scheint. Mit einem Mal verzagt das Gefühl, da mein inneres Auge nach hinten auf den Gepäckträger schaut. Dort, wo sich das entscheidende Utensil in der Tasche versteckt hält.
Verdammt, warum bin ich Idiot nicht drauf gekommen, die Dinger mal auszuprobieren? In einer der letzten Nächte, die sowieso ziemlich schlaflos verlaufen sind. Dann hätte ich zumindest eine Ahnung, wie die sich anfühlen und wie man sie halten muss, um sie drüber zu kriegen. Soll für einen Anfänger gar nicht so easy sein, hat selbst Friedrich eingeräumt. Stattdessen warte ich Blödmann bis zum letzten Drücker, um an die Pariser zu kommen.
Pariser! Was für ein blöder Ausdruck. Aber Präservative klingt auch nicht aufmunternder, finde ich, und muss dran denken, wie sich das aus Friedrichs Mund anhört.
Wenn ich ehrlich bin, habe ich immer gehofft, dass Conny das alles regeln würde mit der Verhütung. Für eine kurze Spanne schien sie auf eine Lösung gekommen zu sein. Das Zauberwort hieß Patentex. Für sie, versteht sich, und damit wäre ich raus aus der Verantwortung. Aber dann hatte ihre Schwester Alarm geschlagen. Irgendwas war nicht okay mit dem vielen Schaum oder so. Damit war der Traum von einer eleganten Lösung geplatzt. Blieb die Pille.
Mit den Schnitten, die die Pille nehmen, zuppt´s am besten, sagt Friedrich immer wieder.
Nicht mit Conny. Ihr Vater ist strikt dagegen. Braucht sie bei dem gar nicht versuchen.

Nix zu machen. Basta!
Ein bisschen Hoffnung liegt noch auf ihrer Mutter. Aber solange Conny nicht 17 ist, würde sie die nicht überreden können.
Dann ist der Sommer längst vorbei. Und was würde die Pille dann nutzen, wenn sie nicht wüssten, wo sie´s richtig machen sollten?

Ups! Ein heftiges Rucken am Vorderrad, untermalt von einem hässlichen Knirschen, reißt mich aus allen Gedankenkreiseln um das Wie und Was.
Reflexartig muss ich das Schlimmste haarscharf ausgebremst haben. Alles okay, Reifen ist weiter prall, kein Platten.
Das wär´s jetzt noch gewesen.
Da hat wohl einer die Kurve nicht gekriegt, meldet sich Conny von vorn. Der Spott in ihrem Blick sagt mir, dass sie die Sache humorig nimmt.
Also weiter.
Zielsicher setzt sie die flotte Fahrt fort.
You keep walking down
when the sun shone through the trees
Von den Booten, die den Fluss hinauf tuckern, winken die Freizeitskipper zu uns hinüber, als wollten sie uns aufmuntern. So kommt es mir vor.
Das findet Conny ganz nett, aber später möchte sie davon lieber nichts mehr sehen. Verständlich.

Hier ist es gut, entscheidet sie nach einer letzten Biegung.
Ein gutes Plätzchen, erkenne ich sofort. Sonnenwarm, halbschattig, blickdicht, perfekt!
Im nächsten Bild, das ich aufnehme, steht sie schon ohne Rock auf der ausgebreiteten Decke. Ich erkenne den Slip, weiß, mit etwas Spitze an den Rändern. So ganz im Unterwäschestil wirkt die Aktion, die sie betont beiläufig ablaufen lässt, zehnmal schärfer im Vergleich mit einem Bikiniunterteil.

Conny weiß das. Ihr Blick verrät sie.
... and you were standing there
in all your revelation
all your revelation
your revelation
revelation

Obenrum darf ich gerne behilflich sein. In dem Spiel bin ich erfahren.
Dabei bin ich zu Beginn immer darauf bedacht, dass sich unter meiner Badehose nichts zu deutlich abzeichnet. Ist ein Reflex, weiß nicht, warum.
Aber heute ist da kaum etwas zu verbergen.
Ob sie´s gemerkt hat?
Mir ist nach Ablenkung. Cola wäre gut.
Besser nicht so viel trinken, flüstert sie mir zu und in dem ich wie angesogen in diese Augen schaue, wird mir schneidend klar, dass Conny sich heute mehr als alle Male zuvor absolut sicher ist, was sie will.
Jetzt wäre es wohl an der Zeit, die Gummis ins Spiel zu bringen.
Ja, wenn man etwas unbedingt finden will ...
Was kramst du da so lange rum? Musst du noch Hausaufgaben machen?
Das sollte bestimmt witzig klingen, wirkt aber collateral dämpfend.
Nachdem ich es endlich aus der Packung gefriemelt habe, lass ich das Ding erst mal auf meiner Seite unter der Decke verschwinden.
Es einfach so als ein nützliches Utensil zu präsentieren, dazu fehlt der Mumm.
Wahrscheinlich etwas zu abrupt setze ich das Langsam-Auszieh-Spiel fort.
Wenn jetzt einer gucken würde ... Conny räkelt sich zur Seite, um ´s mir leichter zu machen.
Dabei kommt ihre Hand dem Stück Mann gefährlich nah, auf das es heute ganz besonders ankommt.

And my inside shakes just like a leaf on a tree.

Aber anstatt, dass der Knoten platzt, fühle ich mich einsilbig. Zusätzlich tonlos macht mich, was da unter der Bluse herauslugt. Der BH ist von gleicher Art wie der Slip, sodass mehr durchschimmert als verborgen bleibt. So sehe ich das wenigstens in diesem Augenblick. Von dem ich mir wünsche, dass er in der Zeit liegen bleibt, und wir mit ihm.
Dein Busen ist schöner als der von Marilyn Monroe. Wie oft hatte ich ihr das gesagt, im vollen Glauben, ihr damit das dollste Kompliment zu machen.
Ob ich nach Luft geschnappt habe, um den Druck auszugleichen? Ab wann ich gemerkt habe, dass sich keine rechte Spannung aufbauen wollte, als es nötig Zeit wurde?
Für weitere Unsicherheit sorgt, dass ich keinen Verschluss ertasten kann, wo meine Finger ihn vermuten.

Conny merkt, dass ich nicht weiterkomme: Versuch´s doch mal vorne ...
Im Zeitlupentempo kapiere ich schließlich, dass sich jetzt die Überraschung anbahnen soll.
Für Connys Geschmack geht das zu lahm vonstatten.
Dummerchen!
Flink hat sie beide Hände dorthin geschoben, wo die Körbchen miteinander fest verwoben sind. Bei diesem Modell aber nur scheinbar. Eine leichte Anspannung der Daumen reicht und Conny lässt den versteckten Druckverschluss aufpoppen. Schon rutschen die beiden Stoffhälften zur Seite und geben den Blick frei.
Wow! Die Überraschung ist gelungen.
So zart, so hell aufscheinend inmitten des gebräunten Flaums, der ihre Körperhülle umsäumt. Die Spitzen fest wie Knospen.

Der Moment überwältigt dermaßen, dass es ihn warm und zugig durchströmt: Dass er sie wirklich liebt; nicht allein wegen dem, sondern weil sie da ist, bei ihm. Dass er sie nie wieder loslassen will und der bloße Gedanke daran einfach nur weh täte.
Nobody, no, no, no, no, nobody stops me from loving you baby
So young and bold, 16 year old
Baby, baby, baby
Baby, baby, baby
Baby, baby, baby
Baby, baby, baby
Ooh, yeah

Liebe ist wichtig, keine Frage. Aber in dem Moment wäre etwas anderes wichtiger gewesen, hätte er seinen Mann stehen müssen.
Im Nachhinein musste er einsehen, dass sie alles getan hatte, um es richtig gut werden zu lassen. Außerdem hätte sie die Schmerzen aushalten müssen, auch für ihn und überhaupt.
So aber war das glitschige Ding zwar entrollt, aber schlussendlich unbenutzt liegen geblieben.
Wegen seiner Stoffeligkeit!
Und weil sein wichtigster Verbündeter ihn in Stich gelassen hatte, versuchte er eine Teilschuld auf den da unten abzuwälzen.
Bei dem ganzen stieseligen Rumgemache konnte sie irgendwann keinen Bock mehr haben. Wer sollte das nicht verstehen? Dass die BUs auch nicht nennenswert zum Einsatz gekommen waren, fiel schon nicht mehr ins Gewicht.

Den langen Rückweg über fuhr sie hinter ihm.
Ihre strafenden Blicke im Nacken, war er einerseits froh, dass es vorüber war, und dann wieder wünschte er, auf der Stelle umzukehren, um sich eine zweite Chance zu geben.

Vielleicht, um zu vergessen, was da im hohen Gras an der Geeste schiefgelaufen war, stürzten sie sich im Nachgang anderweitig ins Vergnügen. Disco, Kino, Party, Rummel schlechthin. Dieser Sommer wollte ihm keine zweite Gelegenheit mehr geben. Im Mädchenzimmer auf der Couch versuchten sie an das anzuknüpfen, was vorher für so viel Aufregung in ihren jungen Leben gesorgt hatte. Neue Erwartungen kamen auf, als die Pille doch wieder zum Thema wurde.Versprochen, beim nächsten Mal würde er es nicht wieder versemmeln.Logisch, denn eine weitere Schwachheit würde sie ihm nicht erlauben.

Die nächste Dummheit, die dann doch passierte, ließ sich nicht auf irgendwelche Utensilien schieben, sondern allein auf meine unbeholfene Natur. Diesmal war es die Unfähigkeit, mich auf glatter Fläche zu bewegen. Dieser wohl genetisch bedingte Defekt, der sich auf dem Parkett der Tanzschule hatte einigermaßen kaschieren lassen, erwischte mich jetzt auf dem zugefrorenen Teich mitten im Bürgerpark. An einem sonnenbeschienenen Wintertag, der wie gemalt in seiner frostigen Klarheit zum Schaulaufen auf Kufen einlud.
Für Conny eine Passion, die sie zum Kreischen brachte. An diesem Nachmittag aber erst, als ein Dritter dazwischenfuhr, nachdem ich meinen Auftritt auf dem Eis humpelnd und wie auf Eiern staksend abbrechen musste. Froh, wieder rutschfesten Boden unter den Füßen zu spüren, wusste ich nicht so recht, was für eine Miene ich zu dem Eistanz auflegen sollte, den meine Conny und der ungebetene Sportsfreund dort vor aller Augen aufführten. Im nächsten Frühjahr hatte sie ihren BuKo, ein Geburtstagsgeschenk von ihrer Schwester, für einen anderen gepackt.

Als Erinnerung abgespeichert ist noch, was Friedrich gesagt hatte, als die Niederlage eingestanden war.
Du musst dir ´ne Jüngere suchen, so ´ne abgebrühte Alte ist nix für einen wie dich.

Berufsverkehr

Komm schon, mach kein´n Mist ..., zischt es Maximilian Münter, genannt Max, durch die Lippen, als es unter der Motorhaube unrund zu schnarren beginnt. Wieder mal, am frühen Morgen. Und natürlich weiß er auch, warum.
Die Batterie. Hätte längst ausgetauscht werden müssen, bei der Jahreszeit, den Temperaturen. Also, kein Grund, zu meckern mit dem alten Passat. Aber trotzdem, und bitte, nur noch ...
Na, wer sagt´s denn, geht doch!

Kaum sind die Lämpchen auf der Armatur erloschen, die da normalerweise nicht hingehören, hat der Auspuff noch ein paar röhrende Fürze abgesondert, ist das Einfädeln in die Bundesstraße geschafft, kann sein innerer Tempomat die Verkehrsleitung übernehmen, weil in dieser Endlosschlange keiner so blöd ist, aus der Reihe zu tanzen. Hier gibt es praktisch nichts, das hinderlich oder gar gefährlich werden könnte. Nicht zu dieser Herrgottsfrühe. Abgesehen von Öko-Joe, alias Oberstudienrat Jochen Vogler, auf den auch heute Verlass ist. Politisch korrekt wie immer strampelt er sich da vorne zum Dienst, für eine Sache, die Max nur ein Schulterzucken abnötigen könnte.
Und tschüs, feixt es ihm durchs Gemüt, als sich Joes Schatten im Rückspiegel verflüchtigt.
Ein bisschen Sarkasmus muss erlaubt sein.
Just a perfect day, problems all left alone ...
Im Nu etwas wacher, nuschelt Max parallel mit den Silben zur Melodie, die sich einer werkseitigen Voreinstellung gehorchend automatisch in die Akustik mischt. Immer noch besser als die aufgeweckten Vollpfosten vom Frühstücksradio.

Und irgendwie passt´s doch, besser als gestern Abend, findet Max und summt noch ein paar Takte mit. Dann verdirbt ihm sein Kurzzeitgedächtnis die Laune. Schattige Erinnerungen trüben den noch nachtschwarzen Morgen weiter ein.
Was ist da eigentlich gelaufen? Mit Lisa im Auto. Wenn er nur an den Quatsch denkt, den er ihr gegenüber abgelassen hat. - »So eine schöne zwanglose Fahrt könnten wir ruhig öfter machen, oder? « - Furchtbar! Und sie? – Hat entweder wirklich nichts geahnt oder ... sich total verstellt. Möglich wär´s. Wie sie da losgeplaudert hat, über die neue Referendarin, ihren Hund, Joes Öko-Fimmel, dass sie sich total auf den Skiurlaub freut. Fragt tatsächlich, ob Max nicht mitkommen will. Und er? Bekennt, ohne nachzudenken, wie sein erster und einziger Ski-Langlauf geendet hatte: auf allen Vieren, mit den Brettern noch an den zu Eiswürfeln gefrorenen Füßen, aus der Loipe gekrochen.
Dazu klemmt diese bescheuerte Retro-Sülze im Player. Was sie natürlich null angemacht hat. Wie auch? Kennt doch kein Schwein, was da drauf ist. Das kommt davon, wenn man mal auf ´nen Tipp hört.
Ob sie gemerkt hat, dass er angetickt war? Die beiden Pils, dass es drei gewesen sein können, will er gar nicht ins Kalkül ziehen, hatte er geistesgegenwärtig in alkoholfreie umgemünzt und die zu einem Grünkohlessen gehörenden Pflicht-Malteser (insgesamt drei) glatt unterschlagen. Und sie steigt, ohne die ganze Flunkerei zu beachten, zu ihm in den Passat. Vor der im Gruppentaxi gesammelten Kollegenschaft, die sie lauthals zu sich rüberlocken will.
Jetzt, da der klare Verstand, obschon noch leicht verkatert, wieder im Vollbesitz seiner Rechte ist, muss Max gestehen, dass er auch mit mehr als zwei Promille gefahren wäre, für sie.

Allein deshalb kann er heute nur Gott oder sonst wem danken, dass es zu nichts gekommen ist, was er bitter bereuen würde.
Doch nun bleibt keine Zeit mehr, den gestrigen Abend gewissenstechnisch zu vertiefen. Denn plötzlich taucht etwas aus dem Straßeneinerlei auf, was jeden Berufsverkehr überfordern muss: rotweiß gestreiftes Absperrband. Direkt vor der Parkplatzzufahrt!
Mist, der Verkehrstag für die Fünftklässler. Damit seien die rückwärtigen Parkmöglichkeiten für diesen Tag komplett gesperrt, hatte das ORGA-Team schon vor wer-weiß-wann angekündigt, und zwar unmissverständlich.
Und Max, wie von sich gewohnt, hatte nix davon behalten.
Aber heute will das Prinzip Zufall es nicht böse mit ihm meinen, denn ausnahmsweise spult sich sein Anfahrtsprogramm gute fünf Minuten früher ab als sonst. Es bleibt also ausreichend Zeit, den Passat vorne vor dem Haupteingang unterzubringen, ungeachtet der Bedenken, die Max grundsätzlich gegenüber Parkplätzen hegt, da dort, so sagt die Statistik der Versicherer, die meisten Bagatellschäden verursacht würden. Zumindest bleibt ein beruhigender Sicherheitsabstand zum Raucherquadrat. Immerhin, besser geht´s halt nicht, unter diesen Umständen, freut sich Max, als er mitbekommt, wie Studiendirektor Felix Goldstern zum zweiten Mal das Areal mit seinem Touareg umkurvt, ohne einen Platz zu ergattern. Da saust ihm ein Schülerflitzer dazwischen. Und das einem, der es gewohnt ist, von der Überholspur zu grüßen.
Mit diesem Eindruck versteigt sich Max´ Fantasie in das Gefühl, dass ihm dieser Morgen irgendetwas sagen will. Vielleicht, dass es doch so etwas wie Gerechtigkeit gibt?

Nachdem er das Rennen um die besten Plätze für diesen Morgen für sich entschieden glaubt, ist Max schon im Begriff, den Zündschlüssel zu drehen, als das Smartphone sich in seiner Hosentasche regt. Komisch, und er könnte schwören, dass er es ausgeschaltet hatte.
Was das wohl ...? Von Lisa? Lisa!
Tatsächlich! So schnell hat Max wohl noch nie die passende Taste auf einem Handy erwischt. *Gegen eine zwanglose Fortsetzung unseres Smalltalks wäre nichts einzuwenden. Hast Du einen Vorschlag? Bin gespannt! LG Lisa*
Max könnte nicht mehr genau sagen, wie lange er dort gesessen hat, mit allen Sinnen auf das Display mit den zwei Sätze fixiert, bis es ihm schwant, wie er aus mindestens sechs, gefühlt aber mehr als hundert Augenpaaren vom Raucherquadrat in Augenschein genommen wird.
Hoppla, er hat den einzigen Stellplatz für Behinderte erwischt.
Bloß nicht zum Gespräch werden, schießt es ihm ins Gewissen. Der Rest ist Routine, weil der Passat diesmal ohne zu zucken der Zündung gehorcht. Rückwärtsgang und ab die Post ...
Man muss das Geräusch nicht kennen, um es zu hassen, das entsteht, wenn zwei Karosseriekörper aufeinanderpralen, auf eine gemeine Art dumpf und fies scheppernd zugleich. Der Blick, mit dem der soeben Geschädigte, ein Schüler aus der Dreizehn, seine um Verzeihung bittende Geste erwidert, erscheint ihm weniger verärgert als viel mehr betrübt. Der nächste Gedanke, der sich findet, sagt ihm nicht, dass er aufgrund seiner eigentlich unriskanten Fahrweise einen Haftpflichtbums frei hat, wie der Versicherungsfritze sich auszudrücken pflegt, sondern flüstert ihm zuerst die schlechte Nachricht ein: Vor drei Monaten hat er den Vollkaskoschutz gekündigt.

Just a perfect day feed animals in the zoo
Then later a movie, too, and then home ...
Vielleicht sollte er die werkseitige Voreinstellung des Radioteils bei Gelegenheit ändern.
Später am Nachmittag würde er Lisa vorschlagen, dass sie sich im Zoo treffen, um danach eventuell ins Kino zu gehen, und dann ... *Just a perfect day I´m glad to spend it with you!*

Ssssh oder Vom Winde verdreht

Diese Geschichte hat mir eigentlich nie jemand geglaubt. Weder der, dem ich damit die Sache, die damals mit seiner LP passiert war, erklären wollte, noch die, vor denen ich die Vorgänge später zum Besten gab.

Mag sein, dass ich dabei das Ganze etwas anekdotenhaft bereichere, bin aber im Kern immer bei der Wahrheit geblieben. Deshalb ist es mir wichtig, die Geschehnisse hier und heute so faktentreu wie möglich zu Protokoll zu geben, um die im Grunde unnötigen Zweifel an meiner Glaubwürdigkeit zu zerstreuen. Ich bin kein Märchenerzähler.

Also, es ging damit los, dass wir eine Freistunde hatten. Was eigentlich nichts Besonderes war, wenn das Schuljahr aufs Ende drängte, die Ferien zum Greifen nahe.

Kurzfristig anberaumte Dienstbesprechungen, Konferenzen, jemand vom Lehrkörper fehlte wegen Fortbildung, fühlte sich einfach nur krank. Oder war durch die Urlaubsplanung zu abgelenkt vom Unterrichten. Irgendein Anlass wird dazu geführt haben, dass wir auf den Grünflächen rund um den Sportplatz herumlümmelten.

Es war Sommer, sagen wir an einem Mittwoch, so um die Mittagszeit. Die Sonne stand hoch und trieb das Thermometer auf damals unfassbare 27 ^{0}. Kein nennenswertes Lüftchen zu spüren. Wichtig, das zu erwähnen, weil es ja im Endeffekt um ein Wetterphänomen geht. Wenn ich das richtig habe, saßen dort nur wenige aus unserer Klasse, der GY12a, rum, in der Mehrzahl Mädchen. Ein Grund mehr für mich, ein bisschen länger zu verweilen.

Moment, ich muss nachdenken:

Da war Doris, die stark an die Bardot erinnerte, also nicht vom Gesicht her, aber sonst, hallo! Heidrun war auch dabei, denn die beiden waren bekanntlich unzertrennlich. Mit ihrer Kurzhaarfrisur, die im aufregenden Kontrast zu ihrem Body stand, war sie vielleicht die schärfste Schnecke der gymnasialen Oberstufe. Das könnte jeder bestätigen, wenn´s drauf ankäme.
Ich geb´ zu, dass ich wohl versucht war, unter Doris´ Rock zu linsen oder etwas zwischen Heidruns Achseln und den Trägern ihrer fluffigen Bluse ausmachen. Über ihre BHs kursierten die irresten Gerüchte. Mann! Wir waren gerade 17, da schießen die Flausen automatisch ins Eingemachte. Weiß man doch.
Wenigstens gehörte ich nicht zu denen, die bei solchen Gelegenheiten Feierabend gemacht haben mit dem Schultag. Schon aus Prinzip nicht. Ich fand das spannend, was so abging und wer sonst noch auf dem Gelände herumhing. Die abhauten, waren meist Hardcore, welche aus den älteren Jahrgängen, die schon die eine oder andere Ehrenrunde in der Biografie hatten, und, ganz entscheidend, einen Führerschein. Mit Auto war dann das Größte. Und so einer war Klaus Wendt mit seinem VW Käfer, himmelblau.
Schwänzen, nannte man das in der Lehrersprache, wir sagten dazu blaumachen und das war cool. Klaus war cool und ich wollte ihn mir warmhalten, auch wegen der LPs.
Klaus stammte aus altem Fischdampferadel, seine Erzeuger hatten Kohle. Er bewohnte ein eigenes Apartment in ihrer Villa am Bürgerpark, und wer dorthin mehr als einmal mitgenommen wurde, gehörte zur In-Group. Ich gehörte zur In-Group.
Klaus hatte sagenhaft viele LPs, darunter die sauteuren bis unerschwinglichen. Etliche Doppel-LPs und solche Schätze wie das Woodstock-Album.

Auf dem war mein absolutes Lieblingsstück, »I´m Going Home«, Ten Years After, das mit den total abgefahrenen Gitarrensoli von Alvin Lee.
Ja, und da blieb es nicht aus, dass ich ihn, wenn ich dort oben in seiner Luxus-Bude war, angebohrt habe, ob er mir das Album nicht mal ausleihen könne, nur für einen Tag.
Schließlich hatte er sich weichklopfen lassen, aber nicht »Woodstock«, sondern eine andere von Ten Years After. »Ssssh«, sei auch geil, versicherte er, coole Mucke. Im gleichen Satz dann der Hinweis, dass er das nur ausnahmsweise mache und davon niemand erfahren solle.
Dann kam er wie schon öfter auf seine schlechten Erfahrungen mit Ausleihaktionen zu sprechen. Als besonders mies habe sich Hella Lemke gezeigt.
Die bei *Wallys* hinter der Theke steht.
Die hatte ich bis dato nur flüchtig wahrgenommen, war sowieso ein paar Takte zu heftig für mich. Die Schlampe habe in jede Rille von dem Leihstück, eins von Jethro Tull, mit einer Nadel gebohrt und die ganze Scheibe perforiert. Das müsse man sich vorstellen, was die durchgeknallte Alte dafür an Zeit aufgebracht hatte.
Und warum?
Weil er ihr angeblich versprochen hätte, sie im letzten Jahr zum Deep Purple Konzert in die Musikhalle nach Hamburg mitzunehmen. Dabei hatte er nichts dergleichen in Aussicht gestellt.
Von Hella hieß es, sie sei mit George Meyer zusammen, der seit Kurzem bei den Rattles war. Und die hatten ganz enge Connections mit Rockern, also Hell´s Angels. So gesehen war der so ein fieses Ding echt zuzutrauen. Zuletzt musste ich Klaus noch von der Unbedenklichkeit unserer Hifi-Anlage zu Hause überzeugen. Die war tatsächlich fast neu, mit einem abgedämpften Hebel, damit die Nadel federweich aufsetzen konnte.

Normalerweise sollten Klaus´ Scheiben nur mit Lenco gespielt werden, aber irgendwie hatte ich ihn dann beruhigen können, dass es bei uns absolut staubfrei zuging, dort im Stereobereich. Da sorgte schon meine Mutter für.

So bekam ich also Zugriff auf »Ssssh«. Nie gehört vorher. Aber besser als nichts.
Ich war nötig angewiesen auf solche Freundschaftsdienste, denn mit meinem Angebot ließen sich kaum Leihgeschäfte klarmachen.
Insgesamt bestand meine Sammlung im Sommer 71 aus vier Alben.
»Four Way Street«, »Band of Gypsys«, »Abbey Road« und natürlich »Get Ya, ya´s out« oder so ähnlich, DIE Live-Scheibe von den Stones. Die hatte eigentlich jeder, waren ein Muss. Damit hätte man vielleicht bei Mädchen Eindruck schinden können, und das auch nur mit CSNY. Die waren soft, irgendwie. Dumm war nur, dass die Mädels sich beim Verleihen meist noch korinthischer anstellten als die blödesten Jungs und am Ende dann irgendwas von einem Bruder herauskramten, der da noch mitzureden habe.
War einfach so.

Dann eben »Ssssh«, komischer Titel. Am Abend unter den neuen Grundig-Stereokopfhörern kam das nicht schlecht. Klar, hätte man das bekifft noch besser testen können, aber sowas machte unsereins zu Hause nicht. Schon gar nicht in der guten Stube. Am besten fand ich übrigens das letzte Stück: »I woke up this Morning«. Hatte vielleicht was damit zu tun, dass ich selbst morgens eher schlecht rauskam.
Ja, und an diesem Sommermittwoch sollte Klaus die LP zurückbekommen, hatten wir abgemacht.

In den ersten zwei Pausen war er jedoch zu schnell verschwunden, nicht in den verbotenen Ecken hinterm Fahrradstand zu finden und auch nicht bei seinem Käfer. Während des Unterrichts sollte nichts laufen, weil er das Ding nicht so einfach unterm Tisch tauschen wollte. Hätte auffliegen können und dann wäre es einkassiert worden. Das leuchtete ein.
Dann war er plötzlich weg. Blaumachen.
So ist es also, ohne mein Verschulden, dazu gekommen, dass, wie wir da so sitzen, Heidrun plötzlich auf das Ding aufmerksam geworden ist. Ich glaube, sie fand das Cover irgendwie psychedelisch, schaute wirklich interessiert zu mir rüber, kam näher und fragte, ob sie sich das mal anschauen dürfe. NATÜRLICH! Ich meine, da wollte eine Heidrun Brandt etwas von mir und ich sollte nein sagen?
Außerdem, was sollte schon passieren? Mädchen, das weiß man, gehen mit allem pfleglich um, außer Hella Lemke, aber die war eine andere Nummer. So eine gab es an der Humboldtschule nicht.

Fakt ist, dass Heidrun die Platte mit zu den anderen genommen hatte, zu Doris, Cornelia, Dagmar und ich glaub´, da war auch Barbara dabei.
Wie bereits erwähnt, es war warm, die Sonne stach ein bisschen. Daher rutschten alle in so ein müdes Abhängen. Ich hatte mich hingelegt, es mir bequem gemacht, sodass ich freies Blickfeld auf die Mädels hatte, vielleicht eine Selbstgedrehte geraucht, einfach gedöst.
Und jetzt kommt´s, ich meine, völlig unerwartet.
Wenn ich über das Phänomen heute nachdenke, muss es mit einem rasend schnell heraufziehenden Gewitter in Verbindung gestanden haben. Anders ist das nicht zu begreifen, was dann abging.

Also, von der gegenüberliegenden Seite des Sportfeldes, wo diese mehrstöckigen Mietbunker dicht an dicht stehen, die sind da heute noch. Kann man sich anschauen, wie eng die Gänge dazwischen sind. Ist alles noch so wie vor knapp fünfzig Jahren ... Und genau aus einem dieser Gänge fegt urplötzlich ein schmaler Wirbel aufs Fußballfeld zu, formt sich innerhalb von Sekunden zu einer echten Windhose. So eine, wie man sie aus dem Fernsehen kannte, wenn über Hurrikans in den USA berichtet wurde, nur viel kleiner.
Im ersten Schreck hatten wir nicht wirklich kapiert, was da kam.
War ja auch schräg irgendwie. Dann fingen die Mädchen an zu juchzen und kreischen, denn das Ding kam direkt auf sie zu.
Hinlegen, hinlegen, hörte ich jemanden rufen, nicht aufstehen.
Auf meiner Position konnte ich mich eigentlich sicher fühlen, ich hatte jedenfalls nicht den Eindruck, dass es mich erreichen würde.
Die Mädchen lagen flach auf dem Boden, Hände über´m Kopf, trotzdem wurde gelacht, große Sorgen musste man sich nicht machen. Dafür wirkte der kleine Wirbel zu schwach. Aber dann kam der eigentliche Schockmoment, als nämlich das freche Lüftchen direkt zwischen die Mädchen fuhr. Ich seh´ noch, wie verschiedene Utensilien auffliegen, Tücher, Papiertüten, Stoffbeutel und Schirmmützen. Aus allem stach ein Ding besonders raus und schwang sich, wie an einem Faden gezogen, in die Höhe, trudelte mit dem Windzug über den Sportplatz. Mit dem löste sich das Vinyl aus dem Cover, das dadurch noch höher gerissen wurde. Das schwerere Teil, also die LP, ging in den Sinkflug, setzte zur Landung auf dem roten Grobkörnigen an, schlug auf und schlitterte Meter für Meter horizontal über den scharfsandigen Grund.

Tja, kann man sich vorstellen, wie die Scheibe aussah, als der Spuk vorüber war. Der im Übrigen keine drei Minuten gedauert hatte. Das Cover hatte quasi nichts abbekommen.

Alter, du hast wohl schlechten Shit geraucht, hatte Klaus nur gesagt, als ich ihm den unglücklichen Vorfall verklickern wollte. Zu meiner Beglaubigung sollte er die Mädchen fragen. Die waren doch dabei, hatten alles mitverfolgt. Weil er sich nicht drum gekümmert hatte, war ich ihnen schließlich nachgelaufen und hatte sie um Unterstützung gebeten.
Ja, und bei sowas lernt man dann Frauen kennen. Keine wollte eine Windhose gesehen haben und die LP hätten sie mir wiedergegeben. Sowieso würden sie nicht auf Ten Years After stehen.
Konnte ich vergessen, die Bande, aber total!
Klaus bestand, wen wunderts, auf Ersatz. 20 DM, so viel würde »Ssssh« kosten, das war klar. Die hatte ich eigentlich für die Neue von den DOORS eingeplant.
Dann kauf mir die, meinte er, damit wäre der Scheiß für ihn aus der Welt.
Wenn man´s positiv sieht, hatte ich somit einen, wenn auch bescheidenen, Beitrag zu Klaus Wendts legendärer Schallplattensammlung geleistet. Ob er heute wohl noch weiß, dass er »L.A. Woman« von mir hatte?

Moritz hat Deutsch

Irgendwann irgendwo an einer Gesamtschule
GROSSE PAUSE
Moritz: Umhängetasche, Metallica-Schal, Knopf im Ohr, Augen im Off-Modus. Ein Mitschüler quatscht ihn an, Moritz schaut gelangweilt, fischt ein Smartphone aus den Untiefen seiner Jeans, linst aufs Display.
Oh, nee, so spät? Wat´n Scheiß … ja, denn, ich muss jetze mal besser … also bis nachher in´er Mensa … Und wehe, du hast die Kippen nicht dabei, denn gibt´s aber sowas auf die Backen …
Geht zur Tür, öffnet zaghaft, verdreht die Augen zum Unschuldsblick:
Moin, ja also, … ach so, die Tür …
Schließt die Tür, geht auf seinen Platz zu, nebenbei wendet er sich an einen der Dasitzenden:
Pass auf, du Arschgesicht, wenn …
Der Lehrer (nennen wir ihn Herr Müller) mahnt zur Mäßigung …
Wie jetzt, ich? Ha´m Se nicht gesehen, wie der …?
Herr Müller schaut streng.
Jaja, immer der Moritz, geht schon wieder gut los.
Herr Müller schaut fragend.
Worüber ich mich beschwer? Seh´n Se doch …
Herr Müller erwartet eine Entschuldigung für die Verspätung
Hab ich doch gesagt, absoluter Rückstau auf Klo. Und da soll einer noch pünktlich … Alles klar, ich sitz ja schon.
Zeigt den Stinkefinger einem Mitschüler rechts – macht einen Ellenbogencheck nach links: Fick dich …
Herr Müller überhört dies demonstrativ, fragt nach Deutschbuch und Mappe.

Meine Deutschsachen? Ach so, ja, die ... sind im Schließfach. Soll ich eben? Kann man doch mal vergessen, bei dem Stress jeden Tag ...
Herr Müller fragt nach den Hausaufgaben.
Hausaufgaben? Klar, im Schließfach. Kann ich jetzt ...?
Geht wieder raus. Lacht sich eins. Checkt sein Handy, schaut den Gang hinunter, eine Lehrerin geht flink an ihm vorbei, winkt ihr nach, wartet ... noch ein bisschen, geht wieder rein.
War doch in´er Tasche, Sie können einen aber auch wischi waschi machen.
Herr Müller fordert ihn zum Vorlesen der Hausaufgaben auf.
Was? Vorlesen? Ich? Warum ich? Warum nicht Marvin? ... Also gut, das mit den Hausaufgaben hab´ ich jetze mal nicht so eng gesehen.
Das wertet Herr Müller als eine nicht erbrachte Leistung und trägt dementsprechend ein.
Wie, nicht erbracht? Ich mein, versucht hab ich´s. Können Sie meine Mami fragen, ehrlich jetzt, versucht schon, aber ... Das find ich jetzt voll ungerecht.

Vorne meldet sich Mareike.
Is schon klar ... Mareike, alte Streberzicke. ... *Kaut Undefinierbares, lässt Papier fallen, gähnt, macht Faxen, klatscht ironisch Beifall,* Toll Mareike, superfleißig. Wirst bestimmt ´ne ganz Oberschlaue – *leiser* - Bitch.
Herr Müller schaut strenger und erinnert an das Lehrbuch.
Mein Deutschbuch hab ich. Aber logisch.
Meldet sich.
Das les´ ich jetzt mal. Aber gleich notieren, mit Superplus, wie mega ich gelesen hab.
Liest beflissen unmelodisch zwei Strophen:

Der Erlkönig. Wer reitet so spät durch Nacht und Wind Es ist der Vater mit seinem Kind Er hat den Knaben wohl in dem Arm Er fasst ihn sicher er hält ihn warm. Mein Sohn was birgst du so bang dein Gesicht Siehst Vater du den Erlkönig nicht Den Erlenkönig mit Kron und Schweif Mein Sohn, es ist ein Nebelstreif.
Herr Müller spricht die Monotonie im Vortrag an.
Was jetzt? Wieso zwei Strophen? Klar macht man da Pausen, hab´ ich doch, und zwar genau acht, nach jeder Zeile...
Gelächter von der Seite.
Ey, was gibt´s da zu grinsen, Marvin pass auf! ...
Herr Müller erinnert an die korrekte Bezeichnung.
Ach so ja, Verse ... Ist das soo wichtig, ich mein, worum´s geht, is´ doch ...
Lisa meldet sich und macht deutlich, wie wichtig Formelemente in der Lyrik seien.
Moritz, Lisa nachäffend: Die Form ist enorm, ... *verliert, als unmittelbare Reaktionen ausbleiben, das akute Interesse, zieht die Lippen mal zusammen, dann wieder breit, wirft mit Papierkügelchen, während andere sich melden und äußern. Herr Müller lenkt das Gespräch didaktisch versiert über Paarreim und Zeilensprung hin zu inhaltlichen Paradigmen. Da meldet sich Moritz zurück:*
Hier, hier, was Mareike da eben, ich mein, dass Mareike sowas überhaupt lesen mag, wo die doch sonst ...
Herr Müller kann nicht recht folgen.
Was ich mein? Na, hier, hier. ... Wo genau? Ja, da, da ... Also, wo jetze steht: „Ich liebe dich mich reizt deine schöne Gestalt Und bist du nicht willig so brauch' ich Gewalt." Wissen Sie, was das ist? Also, was ich jetze mein? – Das ist ´ne pädophile Vergewaltigung! ...
... IIIH, was ist das denn, *piepst es aus der letzten Reihe ...*

... Das sieht doch jeder behinderte Blinde.
Herr Müller verbittet sich diese Ausdrucksweise.
Ja, is gut, hab ich nicht so gemeint.
Herr Müller setzt an, die Unterscheidung zwischen dem Gesagtem und dem Gemeinten zu erklären. Der Begriff Metapher fällt.
Wie, soll man nicht wörtlich nehmen?
Herr Müller spricht vom übertragenen Sinn.
Ach, im übertragenen Sinn, äh, wie jetzt, is alles Quatsch oder was, die machen da nur so Scheiß, labern rum, oder wie? *Moritz sieht die Aufmerksamkeit der anderen auf seiner Seite* ... Aber jetze mal was, ich kenn da ´n Weg, so´n richtig megagruseligen Scheißweg durch ´n Wald, da zwischen Lonnerbecke und Lulle, also wo´s da bei Döveling wieder auf ´e Straße geht. Das ist echt ´ne Horrorpiste. So absolut was für Schisser wie Marvin ... *Grinst breit* ... Da ha´m se mal eine vergewaltigt, so echt erlkönigmäßig. Und soll ich sagen, wer das war? – Ich mein jetze ....
Herr Müller interveniert.
Nee, sag ich nicht, sonst kriegt Mareike noch ´n Anfall...
Herr Müller interveniert energischer.
Wie, ich komm ab vom Thema. Was is´en Thema?
Herr Müller greift zum Methodenwechsel.
INHALTSANGABE? Und was wir jetze nicht schaffen, is Hausaufgabe. Klar doch, warum nicht gleich das ganze Buch abpinseln. Wissen Sie, wie viel Teste wir diese Woche noch schreiben ...?
Herr Müller bleibt konsequent.
Schon klar, ich mein ja nur ..., *zur Seite gewandt,* los, Kevin, notier das mal!
Herr Müller betont, dass Moritz eigene Notizen machen soll.
Wieso? Reicht doch, wenn Kevin ...Okay, gebongt
Sucht nach einem Schreibgerät.
Hat jemand mal ´ne LAMY-Patrone?

Mareike hat eine.
Danke Mareike, ich find dich sowas ...
Herr Müller schlägt die Stirn in Falten.
Okay, ist wirklich sozial. *Blickt sich um,* ... hey, nicht abkupfern! Selber machen, du Knacki ...
Herr Müller wird laut! Moritz duckt sich am Platz, monologisiert gedämpft vor sich hin:
Also, hm,... ein Vater, galoppiert mit seinem Kind, nee, besser Sohn, ... Sohn, schreibt man mit H, Kevin, oder? Also ohne – durch ´n Wald bei Lulle ...
Ein Blick zur Uhr verändert die Szenerie.
Und Schicht!
Herr Müller erinnert an die Ordnung zum Unterrichtsende.
Stühle hoch, hast du gehört, Kevin? *Drängt zur Tür.* Hey Alter, warte, ich krieg noch n´ Döner von letztes Mal und außerdem ...
Pünktlich meldet sich WhatsApp bei Moritz. Der stutzt für einen Moment ...
Scheiße, das gibt´s doch nicht, Dennis, der linke Spasti, hat heute voll blau gemacht und ich Doofmann tu mir das an ...echt, ey ....
Ab ... Herr Müller stellt noch drei Stühle hoch, auch den von Moritz.

Glück

Kennen Sie das?
Man begegnet jemandem und zunächst erscheint alles wie immer bei solchen Zufälligkeiten, bis man von einer Nanosekunde auf die folgende von dem Glauben befallen wird, diesem Menschen früher einmal sehr nahe gewesen zu sein. Und was daraus folgt? Manchmal bis ins Absurde führende Versuche, die Halbwertzeit der Magie, die solche Momente trägt, in die Länge zu ziehen.
Bei Martin ist es so weit gegangen, dass er sich sein dümmstes Strafmandat eingefangen hatte. Zu Fuß bei Rot über eine Ampelkreuzung, direkt in die Arme der Polizei. Sehenden Auges zwar, aber blind gemacht. Eine Frechheit, fanden die Beamten, die er mit fünf Euro bezahlen musste. Dabei hatte sich seine Einbildung im Strom der Passanten verloren.
Die Verwirrung darüber ist geblieben.
Vergebens die Entschuldigungen, mit denen er die Folgevisionen abzuwehren versucht. Er sei zu jung gewesen, damals, zu unfertig, ein Suchender, der seinen Platz im Leben noch nicht ...
Mochte sein, aber was half das heute? Da ihm das Gestern so nahekommt, als hätte er gerade eben erst tschüs gesagt.

Damals stand er am Beginn seines Weges als akademisches Etwas. Der erste Vertrag, fest verbunden mit dem Glauben, dass es ein Anfang sei, von dem, was ihm im Leben zustehe. Und dass alles noch besser werden würde, musste.
Wie gesagt, er war jung ... und sie eine von früher Mutterschaft reif gemachte Frau im attraktivsten Alter.Zum ersten Mal nennenswert aufeinander getroffen waren sie in seiner Sprechstunde.

Er sieht noch die Leinentasche mit dem Greenpeace-Emblem, die ihr so einmalig lässig über die Schulter hing, aber wenn er ehrlich ist, war es nicht das.
Ungefähr einen Kopf kleiner als er war dieses Etwas mehr an ihr, das den Unterschied ausmacht, so proportioniert, dass man unwillkürlich hinguckt. Und sie schien - ach was, sie wusste, dass alles Enggefasste an ihr provozierend wirken musste.
Ihr Seminarbeitrag hatte aus einem Referat zu Richters Porträtmalerei bestanden. Dabei war´s ihr wohl zu heiß geworden, und als sie sich unter teilnehmender Aufmerksamkeit im Plenum ihres Pullovers entledigt hatte, stand ihr ein Anflug von Verlegenheit im Gesicht. Davon wurde dann ihm zu warm. So hatte sich das hochgeschaukelt. Irgendwann musste sich einfach daraus eine Gelegenheit konstruieren, welche ihn in ihr Refugium unter einem dieser Altstadtdächer führen würde, die Geborgenheit verheißen.
Er weiß noch, wie er zuerst, es muss in der Küche gewesen sein, nach einem Aufhänger gesucht, der das anheimelnde Gefühl infrage stellen sollte, aber nichts Anstößiges gefunden hatte. Jedes Teil, alle Accessoires schienen gleich einem perfekten System reflexiv aufeinander bezogen. Die Katze auf dem Druck an der Wand, deren trotziger Blick nicht nur den vor ihr stehenden Teller meinte, sondern auf geheimnisvolle Weise alles strafte, was im Raum stand. Das Mobile mit den Janosch-Figuren, das an einem blauen Glasschirm über dem Tisch befestigt war und zusammen mit den Buchstaben aus bunt bemaltem Holz, die er an einer der vom Flur abgehenden Türen gesehen hatte, darauf hinwiesen, dass in diesem Haushalt ein Kind lebte. FELIX – der Glückliche, der an jenem Abend bei seiner Oma schlafen durfte. Zufall oder perfektes Arrangement?

Die Espressomaschine. Die mediterran verzierten Cappuccino-Tassen. Das alles und der Duft von italienischem Kaffee spuken als Erinnerungsflocken durchs Gedächtnis. Worüber gesprochen wurde, könnte er dagegen nicht mehr sagen. Thesen zur postmodernen Malerei werden es kaum gewesen sein. Das war es ja auch nicht, was sie zusammengeführt hatte.

Wie alles in ihm schauerte, als sie ihn und wohl auch sich selbst damit überraschte, dass sie ihre Hand auf seine gelegt hatte, mit diesem gewissen Nachdruck.

Und wie seine überrumpelten Augen an ihrem Mund Halt suchten. Der Wunsch, davon berührt zu werden. Das erste »Du«, das ihn hinterrücks derart erwischt hatte, dass sämtliche mentalen Ressourcen kapitulierten, bedingungslos.

Endlich, die ersehnte Federweiche ihrer Lippen. Gleichzeitig die Ergebenheit, sich von ihr führen zu lassen, wohin auch immer.

Nach einer kurzen Ewigkeit zieht sie ihn behutsam, aber bestimmt hoch und flüstert: Komm!

Mit dem sanften Imperativ ist das Folgende vorgegeben, und er ist sich klar: Es wird das Äußerste sein.

An der hellblau gestrichenen Dachschräge, unter der er sich von ihr niederstrecken lässt, prangen Leuchtsterne. Die Wand darunter ziert eine Reihe von Schwarzweißporträts einer exotischen Schönheit. In verspannter Erwartung spürt er, wie sie ihm die Knöpfe löst. Unbeirrt zupft sie am Gürtel, während ihre Hände über seinen bloßgelegten Bauch streichen ...

Über das, was dann kam, hat seine Erinnerung sich in Diskretion gehüllt. Es zu erleben, hatte als Erfahrung genügt. Sich davon opulente Bilder zu machen, im Nachhinein, wäre ihm nie eingefallen, genauso, wie er niemandem davon erzählen würde.

Allein schon, weil ihm dafür die Worte fehlen. Das hinlänglich gebräuchliche Vokabular, das andere zur Illustration solcher Dinge im Munde führen, erweckt in ihm nur die Vorstellung, etwas zu zerstören: das Geheimnis, dass er darüber fast irre geworden ist vor Lust. Unvergessen die Muse, die den Rausch melodisch untermalt hatte. Sade, die Schöne auf den Fotos an der Wand.
An jenem Abend hatte ihm das Glück die Hand gereicht.
Und er? Was hatte er damit gemacht?
Hatte sie ausgeschlagen und auf etwas gesetzt, das ihm eine bessere Quote auf die Zukunft versprach. So oder so ähnlich muss es gewesen sein. Anders kann er sich das nicht erklären.

Mit Hilde wurde vorzugsweise Grieg oder Chopin gehört, je nach Stand der atmosphärischen Dinge: mehr dramatisch oder eher empfindlich.
Besonders gern hatte sie es zum sonntäglichen Frühstück, das durch das Philharmonische und die Kerzen zum Brunch aufgewertet wurde. Werte steigern, in erster Linie den eigenen, Möglichkeiten nutzen, Chancen ergreifen, Paritäten sichern, war für eine Frauenbeauftragte (die nannten sich tatsächlich so) von Hildes Kaliber Alltagsgeschäft. Zusätzlich genährt von einem Netzwerk satt angereicherter Vitamin-B-Depots stand bei ihr die Quote nie schlechter als zwei zu eins. Martin muss zugeben, dass ihr Geschick, wie sie die rasant im Kurs steigenden feministischen Aktien intellektuell drehte und wendete, um die akademische Karriere der ihr Verbundenen zu befördern, ihn nicht unbeeindruckt gelassen hatte. Und Martin durfte sich mit ihr mehr als verbunden fühlen. Vorausgesetzt man achtete die Gesetze der Political correctness. Was einer Beziehung zu »dieser Person« (sie hieß Marie) schon in der Natur der Sache widersprach.

Noch dazu, dass ihr der Fauxpas unterlaufen war, mitten im Getümmel um die besten Quotenplätze zu einem »Muttertier« (O-Ton Hilde) zu mutieren. Verantwortlichkeiten, die für eine Powerfrau, die es ernst meinte, nur lästig sein können. Und Hilde hatte es ernst gemeint.
Später, viel später, ist ihm aufgefallen, dass in Hildes Wohnung für Lebendiges kein Platz war, selbst nicht auf Bildern.

Wer von ihnen unfruchtbarer sein könnte, haben sie nie klären lassen.
Von der Gleichstellungsbeauftragten der Universität zur Staatssekretärin im Kultusministerium. Besser hätte es nicht laufen können. »Und du bist auch nicht schlecht dabei gefahren«, hatte sie einmal in einer ihrer typisch unangreifbaren Mails, die heute nur noch sporadisch in sein Postfach trudeln, angemerkt, »vergiss das nicht!«
Wie könnte er.

Gestern Nacht ist er aus einem Traum aufgewacht, der ihn, so ist zu befürchten, nicht mehr loslassen will: wieder eine Begegnung. Auf einem Rummelplatz.
Das Bizarre daran war, wie er im Laufe des aufwühlenden Bilderstroms immer drückender von der Vermutung geplagt wurde, dass es nicht Marie sei, die er verfolgte, sondern ihre Tochter.

Die Liebe im Netz

Mein Gott, was für ein Hintern.
Mit dem Gedanken hatte sich die Bewegung wie von selbst verlangsamt. Während er aber den Rhythmus weiter hielt, schien die Fantasie aus allen Fesseln gelassen.
Die in zwei gleich schöne Hälften geteilte Rundung, unter der sich die Lust metrisch dehnte und streckte, verschwamm unter seinen Augen und das Bild mischte sich in eine Szene ein, die er aus diesem Film hatte.
Wie hieß der noch gleich? Irgendwas mit verloren, oder? ... Ja, genau: *Lost in Translation*. Komischer Titel. Hatte er nicht verstanden, den tieferen Sinn. Aber ging´s wirklich darum? Um die Bedeutung? Es war auch nicht die Szene selbst, sondern zuerst das, was einer irgendwo zwischen FAZ oder ZEIT dazu geschrieben hatte. Endlich mal ein richtiger Weibsarsch auf der Leinwand, hatte sich da jemand getraut zu sagen und das dann mit solchen Stilblüten wie eine Würdigung des weiblichen Hinterteils oder Hommage ans Feminine abgesichert.
Wenn man in derartiger Aufmachung auf etwas hingewiesen wird, bleibt das nicht ohne Wirkung. Und tatsächlich irgendwie treffend, fand Max, als er´s dann zu sehen bekam. Noch dazu, und das machte die Sache gleich spannender, inszeniert von einer Frau. Das hat schon was, wie sich die Kamera ganz unaufgeregt von hinten heranmacht an das Luder. Kein Wunder, dass danach alle mit ihr drehen wollten. Woody Allen vorneweg, natürlich.

Und jetzt steckte er mitten drin, in so einer Biologie. Und was fiel ihm dazu ein? Ein Filmzitat.

Die Bewegung, die er ja nicht allein mit sich selbst aufrecht hielt, war fast zum Erliegen gekommen. Alles andere nicht. Allein die Kraft zu spüren, die ihn das alles bewerkstelligen ließ, war toll. Trotzdem wollte sich das eigentlich dazugehörende Hochgefühl nicht melden. Nicht so jedenfalls, wie man es erwarten sollte, wenn man dermaßen weit gegangen war.
Er hatte es die ganze Zeit gewusst. Dass keine Liebe war. Mehr nicht. Das genügte, um sich irgendwie schuldig zu fühlen. Nicht grad wie ein Betrüger, nein, eher auf eine gewisse Art konspirativ, wie Agenten sich vielleicht vorkommen, wenn sie die Ahnungslosen anzapfen.
»Pause?«, hörte er sich fragen.
»Ja, Pause«, flüsterte es von dort, wo ihre linke Gesichtshälfte aus dem Kissen lugte. Der Blick verriet, dass sie platt war. Hatte schon für einige Takte nachgegeben, nicht zurückgezogen zwar, aber auch nicht mehr dagegengehalten. Hatte nur versucht, den Druck abzufedern. Sicherlich in der Erwartung, dass er kommen würde. Aber er kam nicht. Weil eben keine Liebe da war! Sonst wäre er längst so weit gewesen.
Dass es vielleicht an dem guten Liter *Primitivo* liegen könnte, schien ihm zu banal gedacht.
Ob sie´s gemerkt hatte?
Und ihrerseits? Wie sah´s da aus? Hätte er mit Sicherheit sagen können, dass sie gekommen war? Ja doch, sie war gekommen. Gut durchgevögelt, wie man sagt. Von ihm!

SCHEISS CHAUVI, müsste doch jetzt ein Chor von angepissten Feministinnen aus dem OFF schreien. Man hört aber nix. Gibt´s so welche überhaupt noch? Und wenn. FICKT EUCH, würde sein erhobener Mittelfinger ihnen Kontra geben.

Nichts derart. Alles bleibt ruhig. Nur das gleichmäßige Rauschen von der A2, Signum der ´Warschauer Allee´, zieht als ein fernes akustisches Zeichen von draußen durch den Spalt, den das gekippte Fenster freigibt. Die Einzige, die ihn jetzt hören könnte, liegt unter ihm und macht keinen Mucks.
Da regt sich nichts mehr. Mit einem letzten Stoß drückt er, leicht, aber unnachgiebig mit seinem ganzen Gewicht gegen die weiche Fülle, die gar nicht anders kann, als sich ihm auszuliefern.
Sie stöhnt auf. Es klingt müde. Wehrlos, wie eine Kapitulation. Dann ein Lachen, das allmählich alles ins Vibrieren bringt, auch den Po. Als wolle es ihn rausschütteln, den Mann von sich abschütteln. Seine Reflexe gehorchen.
Man muss sich nicht lieben, um die Spielregeln zu beherrschen.

Einverständig umarmt lagen sie da. Sie schaute zur Zimmerdecke.
»Stimmt irgendwie«, sagte sie mehr zu sich selbst als an ihn gewandt.
»Was?«
»Männer und Frauen passen nicht zusammen …«, und sah ihn an.
»… außer unten rum«, vervollständigte er den im Raum verhakten Satz bedenkenlos.
»Oder etwa nicht?«
In dem Moment tat es gut, entspannt zu sein. Und zu küssen.
»Und was machen wir nun damit?« Jetzt schaute sie ihn an. Und wie.
Erfahrung hatte sie. Das musste er ihr lassen. Eben deshalb fügte sich alles, was sich vorher so dominant aufgeführt hatte, folgsam ihrem Griff. Perfekt, dachte er nur, wie ihr Arm sein Gesicht dicht an ihre Oberweite schob.

Vor seiner Nase die MÖPSE.
Wie er das hasste! Dieses Wort. Eine abgrundtief unmögliche Bezeichnung. Unpassend, falsch, würdelos! Aber sie war nicht davon abzubringen. Noch dazu für die eigenen Dinger.
DIE MÖÖÖPSE. Ihre Art der Betonung ein weiterer Grund, das Ganze abzubrechen.
Er tat nichts, schon gar nicht mit den Möpsen. Die interessierten sowieso kaum mehr, seitdem klar war, dass sie absolut taub waren. Dabei war taub überhaupt kein Ausdruck für das, was Max von dieser Empfindungslosigkeit hielt. Angebrachter, dachte er, wäre numb. Hatte er aus dem Englischen aufgeschnappt. Pink Floyd, *The Wall*. Aber nicht comfortably numb, sondern total, also totally. Ja, totally numb, das waren sie, ihre Möpse.
Unerwünschte Nebenwirkung einer Operation, deren Sinn er nicht kapiert. Nach einigen Erklärungsversuchen musste sie zugeben, dass es wohl überflüssig gewesen sei.
Eine Dummheit, hatte sie gesagt.
Jetzt hatte sie den Salat mit den milchweißen Narben, die wie geometrisch gezogen schnurstracks von den Mamillen seitlich runterliefen, um dann fast im Neunziggradwinkel in die Achselhöhlen abgeleitet zu werden.
Konnte nicht die beste Adresse gewesen sein, so wie da herumfuhrwerkt worden war, hatte Max aus seinen Besichtigungen geschlossen. Versucht hatte er es weiß Gott, noch was rauszuholen. Zwecklos. Nichts zu machen. Leblos bis in die Spitzen.
Keiner solle sagen, dass er es nicht versucht hätte.
Okay, aber das hier – was gerade lief - würde er mitnehmen. Da wär´ er schön blöd, wenn ... *Take me down to the paradise city where the grass is green and the girls are pretty ...*
Von wem war das noch wieder?
... paradise city ... girls are pretty ...?

Verdammt, jetzt fiel´s ihm nicht ein.
... girls are ... pret...ty ... girls ... pretty?...

Man soll nicht jede Jakobinerin abgreifen, die gleich auf´s Ganze geht.
Hoffentlich wird sie nicht nachkarten. Wahrscheinlich doch. Bestimmt. Ist zu intelligent, um sich das bieten zu lassen. Mal sehen, wie weit sie gehen wird. Ihm gar auf die Bude rücken? Nein, ist nicht der Typ Stalkerin. Außerdem ist´s zu weit. Das ist der Vorteil an einem Fernkontakt, sich ausklinken geht immer.
Sich einklicken war auch nicht schwer, und hatte seinen Reiz. Den richtigen Dosenöffner-Code gleich mit der ersten Mail finden und das virtuelle Knusperhäuschen knacken. Bingo! Und dann das Ausmaß an Bestätigung. Cool, wie er das gebracht habe. Natürlich die Fotos ... Die irgendwie immer lügen. Aber will man das nicht, belogen werden? Von der Wahrheit wird man am Ende schließlich auch oft genug betrogen.

Die nüchterne Wahrheit ist, ... dass Max es schließlich ausgesessen hatte, vom Handy übers Notebook bis ins Festnetz:
Hoffnung, Unverständnis, Begreifen, Klagen, Verzweifelung schließlich Hass und zum Schluss das Kleinlaute. Ohnmacht, Resignation.
»Ich hab´ dir meine Liebe zu Füßen gelegt und du bist drauf getreten.«
Solche Sätze gehen an die mentale Substanz. Auch wenn´s nicht stimmt, nicht so jedenfalls. Das lässt einen nicht kalt, nicht einen wie Max.

Die Sieger

Hommage an Katja Flint

Soll niemand sagen, dass er es nicht von Anfang an so angegangen war, wie es der Zeitgeist einem vorflüsterte. Und Roland war einer, der genau hinhören konnte.
Überdies entpuppte sich die mit einem Campus verzierte Provinzmetropole, die der Zufall zum neuen Lebensmittelpunkt für ihn gewählt hatte, als ein idealer Ort für ausschweifende Zärtlichkeit. Alles schien sich zu fügen, fühlte sich richtig an. Roland hätte gerne so weitergeliebt, wenn sich da nicht – schleierhaft, warum und woher - Zweifel zwischen Wunsch und Wirklichkeit gemogelt hätten.
Hätte ihn damals jemand gefragt, wäre er ausflüchtig geworden, aber tatsächlich wurde er irgendwann misstrauisch gegenüber den Kommilitoninnen, auf deren Schaumstoffmatratzen er seine Lust verlebte, wenn sich Unlust einschliff und die Erotik vom Laken schlich. In seiner Erinnerung ging das zersetzende Genörgel immer von der anderen Seite des Bettes aus und schließlich keimte der Verdacht, dass frau sich, sozusagen von einem Urtrieb bewegt, letztendlich nach viel schärferen Gangarten sehnte, als ihm geläufig waren. Etwa einer, wie sie dieser Midnight Rambler während eines der postakademischen Gelage mit einem in Ledermini und Strapse augenfällig hereingeschneiten Nachtfalter vorgelegt hatte: im Stehen und vom Türrahmen in Stellung gehalten.
Ein Bild, das in Rolands Fantasie zur Metapher wuchs, obwohl Dessous von diesem Kaliber in dem weiblichen Kosmos, um den seine Süchte kreisten, als Tabu galten. Oder gerade deshalb?

Mit den Jahren allerdings, in denen sich der Hang zur Ausschweifung allgemein abnutzte, und die Fantasien pragmatischer wurden, verflogen Rolands heimliche Verdächtigungen, schob er das Treiben aus besagter Nacht wie so manches andere auf exzessiven Drogenkonsum, der Magie vorgaukelte, wo in Wahrheit nackter Wahnsinn tobte.
Viele Jahre später jedoch schoss ihm das längst verarbeitet Geglaubte unversehens verstörend ins Bewusstsein, als er eines späten Abends auf der TV-Fernbedienung spielend in eine Szene geriet, die ihm vorkam, als habe der standhafte Casanova aus aufregenden Zeiten das Drehbuch geschrieben. Da steht Katja Flint, der kurzbeschürzten Schönen von besagter Nacht nicht unähnlich, im fahl ausgeleuchteten Hotelflur und beglückt einen athletischen Soko-Bullen, indem sie ihm kurzerhand derb und rasch, mit dem Rücken an ihren Zimmertür lehnend, einen runterholt. Der Polizeimeister kommt mehr überwältigt als befriedigt. Sie bedeutet ihm kühl, dass mehr nicht drin sei, da ihr Ehemann hinter eben dieser Tür schliefe, und lässt den Bullen umstandslos zurück, damit der langsam begreifen kann, wie ihm geschehen ist.
Nur wenige Filmmeter weiter treffen die beiden zu einem Verhör in der Bürosuite der Dame erneut aufeinander, und sie erklärt so nebenbei, dass sie genommen werden wolle, sonst habe sie nichts davon.
Das hielt Roland fest bei Laune.
Die dramaturgische Logik sollte ihn nicht enttäuschen: Beim nächsten Aufeinandertreffen der beiden Kontrahenten steht sie als splitternackte Attraktion in gespreizter Haltung, mit den Händen abgestützt an einem Türspiegel und lässt sich von dem Gesetzeshüter rusikal von hinten nehmen. Busen und Popo vibrieren mit dem gehetzten Takt, den der Beamte im Sondereinsatz vorlegt.

Katjas Gesicht aus der Nahperspektive. Der Schweiß steht ihr im Antlitz, die nur halbherzig unterdrückten Schreie lassen keinen Zweifel daran, dass sie mehr will.
Erst jetzt zog sich die Kamera von dem auf einen Urknallorgasmus hinarbeitenden Paar diskret zurück, schwenkte um in eine halb-totale Perspektive und ließ den Zuschauer aus dem Fenster nach draußen blicken, wo die Morgensonne über einem Fußballstadion aufgeht. Zufall?

Eine Ewigkeit fühlte Roland sich ausgeschaltet, während der Plot im TV weiter an Fahrt aufnahm. Selbst als es im Finale zu einem veritablen Shootout kam, konnte es ihn nicht mehr richtig packen, zu sehr wurde er von seinem inneren Therapeuten mit der Frage abgelenkt, warum ihm nie eine, so wie Katja, unmissverständlich klargestellt hatte, was sie wirklich wollte.

Heldengedenktag

... Ich sehe mich die Treppe zur Wohnung meiner Großeltern hochstürmen. Ich atme den Geruch von abgestandenem Wischwasser, der in diesem Hausflur nicht verduften will.
Halt! - Wie alt bin ich?
Sagen wir fünf. Also befinde ich mich im Jahr 1959 und in ziemlicher Unruhe, wie fünfjährige Jungen eben sind, wenn sie zu lange zum Stillhalten verdonnert waren, zigmal von der Mutter ermahnt wurden, sich in der S-Bahn anständig zu benehmen und bei Oma und Opa keinen Blödsinn zu machen, wie beim letzten Besuch, als ich wieder mal zu hysterisch gewesen bin, nur weil Rüdiger mir das große Kaiser-Wilhelm-Buch nicht überlassen wollte, und ich darüber so in Rage geraten war, dass ich Oma beinahe umgerannt hätte.
Stell dir vor, die wär´ umgefallen ...
Trotzdem ist genug zu Bruch gegangen von Omas schönstem Sonntagskaffeegeschirr. Zwei Goldrandtassen dahin, obwohl ich doch wissen müsste, wie unbezahlbar die sind. Und der ganze Kaffeesatz über das Stragula verteilt. Dabei hatte Oma das gerade erst geschrubbt und gebohnert. Unmöglich, sich so daneben zu benehmen.
Wie kommst du nur dazu?
Ja, wie bin ich nur dazu gekommen?
Tatsächlich war nichts mehr zu retten, der Nachmittag verdorben.
Kinder, das reicht! Sofort nach Hause, mit der nächsten Bahn! Wenn ihr euch nicht mal fünf Minuten vertragen könnt. Jacke anziehen und kein Wort mehr!
Das soll mir heute nicht passieren. Deshalb höre ich auf Mutters Stimme, die mir nachruft, ja aufzupassen und auf jede Stufe zu achten.

Damit die Sonntagshose nicht gleich Flecken bekommt oder gar ein Loch.Ganz abgesehen davon, dass man sich auf diesen glattgewienerten Fliesen höllisch wehtun kann. Die Kanten sind zwar abgerundet, aber wehe, man gerät ins Stolpern. Dann hätte ich selbst Schuld und sollte bloß nicht jammern, ein Junge weint nicht, schon gar nicht über ein paar Kratzer oder Beulen, er schämt sich höchstens und reißt sich zusammen. Aber das muss ich noch lernen, meint Vater, und Mutter kann das nur bestätigen. Kaputte Knie heilen von alleine, Hosen nicht. Und deshalb ist die Hauptsache, die Hose bleibt heil, wie der ganze Sonntagsstaat überhaupt, die Windjacke, der Pullunder aus reiner Wolle, die allerdings kratzt, das blauweiß karierte Hemd. Nicht zu vergessen, die braunen Lackschuhe. Viel zu gut für mich, eigentlich. Also halte ich mich im Anstieg zum zweiten Stock zurück, lasse meine rechte Hand über den Handlauf rutschen und versuche nicht, zwei Stufen auf einmal zu nehmen. Alles ist hier massiv, keine dünnen Metallstreben wie bei uns, sondern fest gemauerte Treppeneinfassungen, wuchtige Fliesen, schon die Haustür aus so dickem Holz, dass so ein Hänfling wie ich sie kaum aufzudrücken vermag, die Nischen, mit denen die Wohnungstüren eingefasst sind, lassen die Mauern noch mächtiger erscheinen. Da muss einiges von oben kommen, um dieses Haus kaputt zu kriegen, mindestens ´ne Atombombe, meint Rüdiger, und wenn das passiert, verschanzen wir uns hier in Opas Kohlenkeller, da haben wir noch die besten Überlebenschancen. Bei uns wird alles weggepustet wie nichts. Unser Keller is´n Witz. Da kann man sich höchsten begraben lassen. Opas Keller liegt viel tiefer unter der Erde, und zwar so tief, dass ich mich allein nicht hinunter traue. Dort bin ich einmal gewesen und habe mit Opa Kohlen geholt. Ich durfte die Briketts tragen, in Zeitungspapier eingewickelt. Die steile Treppe kam mir so lang vor, als führe sie gradewegs in die Kohlengrube. Der schummerige Gang, als wir endlich unten waren, und die noch dunkleren Verschläge für Kohle und Kartoffeln. Dazu dieser Geruch, wie vergammelter Käse oder so ähnlich. Bloß schnell wieder hoch, hatte ich nur gedacht. Egal, ob mich Opa und Rüdiger für eine Bangbüx hielten. Allein wegen der Vorstellung, in diesem Keller hocken zu müssen, neben Rüdiger, wünsche ich mir ganz doll, dass der Atomkrieg nie kommt. Besonders, wenn ich daran denke, was Rüdiger über die Kohlen gesagt hat. Dass die nämlich schnell anfangen zu kokeln, und dann kommt das Kohlenmonoxid. Bevor du´s riechst, bist du schon tot, weil man das nämlich gar nicht riechen kann. Solche Sachen erzählt Rüdiger mir am liebsten, wenn Mutter nicht da ist. Und ich frag´ natürlich nach. Und er sagt, dass da nur eine Gasmaske hilft. Aber dafür ist mein Kopf zu klein, die würde mir nicht passen. Wie ich´s auch anstellen sollte, es käme immer etwas durch die Ritzen.

Rüdiger ist doof, aber heute kann er mich nicht ärgern, weil er mit Vater zum Fußball fährt. Davon verstehe ich nichts und bin auch zu klein dafür. Meinetwegen, ich bin sowieso lieber bei Oma Hedwig, die, das weiß ich, jetzt dort oben schon in der Tür steht und wartet. Noch einmal um die Kurve, ohne auszurutschen. Mutter kommt kaum nach, vollbepackt, wie sie wieder ist. Da ist Oma, OMA!
Junge, da bist du ja.
Fast falle ich in ihre Arme, passe aber auf, dass ich nicht zu ungestüm bin, weil Oma ein Leichtgewicht ist und ein schwaches Herz hat. Artig murmle ich meine Entschuldigung, wie von Mutter verlangt, und spüre eine zärtliche Erwiderung in der Umarmung.

Auch ohne Worte wissen wir, dass sie mir gar nicht böse war, wegen dem, was ich beim letzten Mal angestellt habe, weil unsere Oma uns überhaupt nie böse sein kann. Dazu ist sie viel zu lieb, und zwar so lieb, dass sie irgendwie nicht zu uns passt, denke ich manchmal.
Kaum ist Mutter in Sicht, fragt sie schon, ob ich mich auch entschuldigt habe.
Ich bin schon weiter den Flur runter. Schnell die Jacke aus und an den Haken damit. Opa, hilf mir mal.
Hast du nicht etwas vergessen?
Was denn?
Na, Opa anständig »Guten Tag« zu sagen, mahnt Mutter, während sie Oma aufzählt, was sie alles mitgebracht hat.
Ach so, ja ... Guten Tag, Opa, und reiche die Hand, wie es sich gehört.
So ist´s recht. Guten Tag, min Jung.
Opa macht die gewohnt wenigen Worte, während wir zusammen die paar Schritte in die gute Stube machen.
Der wichtigste Satz, den ich mir heute merken muss: Die Bücher bleiben im Schrank.
Damit ist alles gesagt. Und ich habe verstanden, weil mir Mutter schon beim Frühstück ans Herz gelegt hat, was heute für ein Tag ist und dass man sich da noch besser benehmen muss als sonst. Was mir kaum zuzutrauen sei, aber nun kann man mich ja nicht den ganzen Tag in den Keller sperren, obwohl das das Einfachste wäre.
Mir ist klar wie Kloßbrühe, dass ich mir heute absolut nix Unmögliches erlauben darf. Also habe ich mich damit abgefunden, dass die Bücher dort hinter der verglasten Tür von Opas Sekretär bleiben.

Heute wird nur mit Bauklötzen gespielt, lautet der Befehl.

Den ich natürlich befolgen werde. Ist doch selbstverständlich für einen, der später zum Barras geht. Und weil ich dort nicht als Schütze Arsch vergammeln will, sondern selbstverständlich zum Offizier befördert, kann es nur gut für mich sein, wenn ich schon als Fünfjähriger weiß, was ein Befehl ist.
Die Hohensteins waren allesamt Offiziere und Opa ein besonders hohes Tier. Mit vier Ärmelstreifen. Solche kriegt man nur bei der Marine.
Die Hohensteins sind Marinesoldaten, durch und durch. Und das wird sich auch bei mir zeigen, weil Mutter eine Hohenstein ist. Bei Vater sieht das anders aus, der war zwar auch Offizier, aber nur bei den Landsern, und hatte deshalb keinen richtigen Ärmelstreifen, sondern nur Ärmelbänder. Irgendwie, hab´ ich den Eindruck, ist ihm das egal. Mutter nicht. Sie kann sich sowieso darüber aufregen, wie das heutzutage alles schlechtgeredet wird, was Opa und die anderen damals geleistet haben. Undankbar findet sie das, finden das alle Hohensteins und Vater sieht das auch so. Deshalb soll ich immer gut aufpassen, wenn Opa, Onkel Hans und Onkel Günther von den großen Zeiten erzählen und nicht auf das hören, was die Leute sagen. Die plappern nur nach, was gerade Mode ist. Aber irgendwann, ist nicht nur Mutter überzeugt, kommt das mal wieder um und dann ...

Als ich die Klötze aus den Kartons geschüttet habe, blicke ich etwas sehnsüchtig auf die Folianten hinter der Glastür. Mir will nicht recht einfallen, welches der vielen Schiffe ich heute nachbauen soll. Da wären Anregungen aus den Büchern schon hilfreich. Dort zwischen den bunt bebilderten Buchdeckeln finden sich unzählige Fotos über die Kriege, die ich verpasst habe und von denen ich mir gar keine Vorstellungen machen kann, behauptet Rüdiger, weil ich dazu einfach zu klein bin.

Dabei stimmt das nicht. Ich weiß nämlich, dass die Fotos aus dem II. Weltkrieg stammen und meistens die Schlacht im Atlantik zeigen, wo die Deutschen so viele Schiffe versenkt haben. Auch wenn das laut Rüdiger jeder Blöde wissen müsste. Davor war der I. Weltkrieg, in dem Opa auch mitgemacht hat, und zwar auf ´m Schlachtschiff in Tsingtau. Wo das liegt, kann ich mir kaum richtig merken, verrat es aber nicht. Und dann sind da noch diese sauschweren Schinken mit Goldrand, in denen sich so gut wie keine Fotos finden, sondern gemalte Bilder. Da geht es, so reime ich mir das zusammen, um die Schlacht bei Sedan. Das liegt in Frankreich. Und die hat der Bismarck gewonnen, für den Kaiser Wilhelm, der irgendwie nicht so gut kämpfen konnte, aber ein ganz feiner Mann war. Den darf ich nicht verwechseln mit Kaiser Wilhelm II., der wohl einen Knall hatte, auch noch behindert war und damit fing dann das Drama an. Worüber ich aber noch viel lernen muss, um alles zu verstehen. Wenn also der erste Wilhelm auf den Bildern zu sehen ist, fährt er meistens vor der Schlacht mit einer Kutsche an seinen Soldaten vorbei. Die jubeln, was das Zeug hält. In den Kampfszenen ist er nicht mehr zu sehen, auch Bismarck nicht. Da stechen die Soldaten mit Bajonetten aufeinander ein, schießen scharf im Pulverdampf oder hantieren an Kanonen rum. Die größte davon hieß Dicke Berta. Das finde ich lustig, wenn Opa davon erzählt, und Onkel Hans macht dann Sprüche wie: »Die Franzosen mit den roten Hosen und den blauen Jacken kriegen welch in `n Nacken.« Da kann ich mich kaputtlachen. Gut finde ich auch das Bild von dem französischen Kaiser, wie er von Bismarck gefangen genommen wird. Der war nämlich zum Scheißen zu dämlich.
Das darf keiner laut sagen, wenn Oma dabei ist.

Onkel Günther ist eher der ruhige Typ, hat nicht viel zu erzählen und auch nicht viel auf´m Kasten, meint Vater und Mutter kann ihm da nicht widersprechen. Dafür ist er ein feiner Kerl, auch wenn er nur Matrose war.
Was in seinem Fall aber fast so viel wert ist wie ein Offiziersrang, denn Onkel Günther war auf dem größten Kriegsschiff überhaupt, also auf der Welt: die »Tirpitz«. Da kommt keiner ran, auch Opa nicht.
Wenn man ihn fragt, wie´s gewesen ist auf dem riesigen Pott, kommt nicht viel über seine Lippen. Nur Deck schrubben. Was Mutter manchmal auf die Palme bringt, denn ein bisschen mehr müsse da doch losgewesen sein als nur Deck schrubben. Aber Onkel Günther fällt nicht mehr ein. Und als es richtig spannend wurde, ist er abkommandiert worden, kurz vorher. Was wiederum ein Glück gewesen ist, sonst wäre Oma heute bestimmt noch mehr mit den Nerven fertig als sowieso.
Da haben sie nämlich den ganzen Kahn versenkt, die Engländer. Mit allen Bombern sind sie dahin, nach Tromsö, von dem ich genauso wenig weiß wie von Tsingtau. Das heißt ganz wech ist der Brocken nicht, liegt umgekehrt dort im Fjord. Kann man besichtigen das Wrack und sich ein Bild davon machen, dass man ein deutsches Schlachtschiff nicht mal eben versenken kann. Anders als die »Hood«, die hat es gleich mit der ersten Salve auseinandergefetzt wie einen maroden Ölofen, erzählt Onkel Günther, wenn er mal einen Korn mehr intus hat. Das hat die »Bismarck« erledigt und die war das Größte überhaupt. Kommt kein anderes Schiff auf der Welt mit.

Klar doch, das ist die Idee, ich werde die »Bismarck« nachbauen! Das darf sonst nur Rüdiger. Aber heute ist er nicht da und ich kann bestimmen.

Wenn er dabei ist, muss ich jedes Mal die blöden Engländer nachbauen, die dann als Erste zerstört werden. Und Rüdigers »Bismarck« bleibt heil.
Heute soll das anders sein. Ich baue die »Bismarck«, ganz alleine, auch wenn ich das gar nicht kann, wenn man Rüdiger fragt.
Und danach wird das ganze Werk richtig doll bombardiert. Ist zwar immer wieder schade um die schönen Bauklotzbauten, aber so war´s ja nun mal in Wirklichkeit, und irgendwie macht´s auch Spaß, am Ende alles schön in Klump zu donnern.
Das ist Krieg.
Während ich die Klötzchen langsam zu einem Schlachtschiff zusammensetze, fällt mir ein, dass das mit dem Bombardieren heute nix werden kann, weil ... und dabei schaue ich etwas aufgeschreckt auf das in seidenmatten Ölfarben schimmernde Porträt von Onkel Heinrich neben der Tür an der Wand gegenüber ...
Nein, das geht heute gar nicht, wird mir mit einem Mal klar, weil heute doch Onkel Heinrichs besonderer Tag ist, der Heldentag. Da muss absolute Ruhe herrschen und der Name vom Onkel darf auf keinen Fall ausgesprochen werden. Wegen Oma, weil sie davon ganz durchgedreht werden kann und dann nur noch am Weinen ist. Damit wäre der ganze Sonntag im Eimer.
Hat mir Mutter gestern Abend noch eingebläut und ich hab´ mir fest vorgenommen, mich dran zu halten.Heldentage sind etwas ganz Besonderes, das muss jedes Kind verstehen. Etwas verwirrend ist nur, dass sie heute einen anderen Namen haben, was Vater und Mutter nicht richtig finden, weil man schließlich an solchen Tagen nichts anderes tut, als Helden zu gedenken. Das mit den neuen Namen kommt davon, weil die Welt gerade verrücktspielt. Da ist es umso wichtiger, dass wir anständig bleiben.

Und deshalb heißt das bei uns Heldentag, also ganz richtig, Heldengedenktag.

Onkel Heinrich ist unser Held. Für den tut man einiges, wegen der Ehre und sowieso. Wie z. B. im letzten Jahr. Die waren die Männer ins Ammerland gefahren, um ein Ehrenmal einzuweihen, auf ´m Friedhof in Ocholt. Mit Zapfenstreich und allem Pipapo, wusste Rüdiger später zu erzählen. Der durfte nämlich schon mit. Oma hätte das gar nicht ausgehalten. Und deshalb war sie mit Mutter und mir zu Hause geblieben.
Vielleicht darf ich im nächsten Herbst dabei sein, dann bin ich in der Schule und die werden mich lehren, nicht so unmöglich zu sein, hoffen sie in der Familie.
Wenn ich dann wirklich mal zu Verstand komme, könnte man mich sogar zum U-Boot-Ehrenmal nach Laboe mitnehmen. Rüdiger ist da schon gewesen und hat die echte Standarte von Onkel Heinrichs Einheit gesehen. Die stehen da in einer großen Halle im Halbkreis, leicht gesenkt, sehr feierlich. Da muss man mucksmäuschen still sein.

Durch die Stille in der guten Stube wandern meine Blicke wieder rüber zu dem Bild, das meinen Onkel darstellen soll. Die Farbe der Uniform nennt man Marineblau, hat Mutter mir erklärt und die Schirmmütze ist mit einer goldenen Kordel verziert. Später trug er eine, die zur Hälfte weiß war. Daran erkennt man, dass er mehr zu sagen hat an Bord. Aber die hat er hier noch nicht.
Was mir auch heute wieder auffällt: Die Augen gucken einen gar nicht an, sondern schauen an einem vorbei, als wäre da etwas hinter mir, ganz weit weg.
Das ist die Weite der See, hat mir Rüdiger erklärt.

Echte Seemänner bekommen mit der Zeit so einen Blick. Daran erkennt man die die richtigen Seewölfe. Und Onkel Heinrich war einer. Das sieht man schon an dem rotweißen Bändchen, das aus dem Knopfloch herausbaumelt. Da ist nämlich das Tollste überhaupt dran, findet Rüdiger: das Eiserne Kreuz. Nach meinem Geschmack noch toller sind die beiden goldenen Adler mit diesem komischen Kreuz in den Krallen. Einer oben an der Mütze und einer rechts auf der akkurat gebügelten Jacke. Die Knöpfe sind in Gold abgesetzt, genau wie die Ärmelstreifen und der Stern darüber. Dass es nur zwei sind, liegt eben daran, dass das Bild entstanden ist, als er noch nicht soweit war, also Kaleu. Wie das vollständig heißt, kann ich mir schlecht merken. Irgendwas mit Kapitän. Der Kaleu ist der Chef. Onkel Heinrich war der Chef auf seinem Boot. Ein bisschen schade finde ich, dass Onkel Heinrich nur ein U-Boot gelenkt hat und kein Schlachtschiff oder Kreuzer, weil man unter Wasser fahren auf `m Teppich schlecht spielen kann. Rüdiger sagt, dass sie meistens aufgetaucht gewesen sind, obwohl das gefährlich war. Ich glaube, wir haben nur einmal eins gebaut, so ein U-Boot. Das kam mir ziemlich klein vor und hatte auch nur eine mickrige Kanone.

Als wir`s dann zerbomben wollten, ist Opa drüber hergekommen und hat es verboten. Das gehöre sich nicht, den Tod von Onkel Heinrich nachspielen, auch wenn´s ein Heldentod war.

Wie das abläuft, so ein Heldentod, hat mir Rüdiger erzählt, aber nur als großes Geheimnis. Ich dürfe niemandem sagen, dass ich wüsste, wie Onkel Heinrich gestorben ist. Hab´ ich auch nicht.

Also, das wie ein Held sterben ist zwar ehrenvoll, aber doch ´ne ziemlich fiese Sache, habe ich feststellen müssen, nachdem Rüdiger mir die ganze Wahrheit ausgebreitet hatte.

Alles fängt damit an, dass diese hinterhältigen Engländer mit ihren Bombern am Himmel auftauchen, weil irgendein Verräter es ihnen geflüstert hat, dass da unten Onkel Heinrich mit seinem Boot langfährt.
Woher sollten die das sonst wissen?
Der Onkel gibt natürlich sofort den Befehl zum Tauchen. Aber zu spät.
Während also sich alle im Inneren des Bootes in Sicherheit bringen und der Bug dann auch schon unter Wasser kommt, bleibt der Onkel standhaft auf´m Turm und schießt höchstwahrscheinlich mit seiner Walther P38 auf die feigen Tommys in den Cockpits. So muss man sich das vorstellen, meint Rüdiger. Vielleicht hält er die Reichskriegsflagge hoch, damit die da oben wissen, mit wem sie´s zu tun haben.
Und dann, hatte ich etwas verzagend nachgefragt, was ist jetzt mit dem Untergehen im Wasser? Das ist doch saukalt.
Arschkalt, hatte Rüdiger mich verbessert, aber das müsse ich mir nicht so schrecklich vorstellen.
So etwas merkt man nicht beim Heldentod. Da geht es nämlich gar nicht mehr so sehr ums Sterben, sondern um die Haltung.
Helden gehen standhaft unter, mit Haltung. Und wenn man die mal angenommen hat, dann merkt man nix mehr. Danach ist ihm sowieso alles um die Ohren geflogen und das hat er auch nicht mehr gespürt, unser Onkel Heinrich.
Das Wichtigste dabei ist die Haltung und die bringen sie einem beim Barras bei. Deshalb gehen wir da ja auch später hin, um das zu lernen.

Heinrich Hohenstein ist nicht für den Untergang eines U-Boots verantwortlich zu machen, weil er nie eins geführt hat. Als letzter Kommandant von 25XX wird in den maßgeblichen Archiven jemand anderes aufgelistet, ein Oberleutnant zur See Jochen Manthey.
Tatsächlich befand sich Heinrich zu der Zeit, von der wir reden, noch in der Ausbildung zum Seeoffizier, hatte es aber schon zum Kapitänleutnant geschafft und war vom Dienstgrad gesehen damals ranghöher als sein Kommandant. Das mit gerade mal 28 Jahren.
Der Kommandant galt als einsatzerfahren, u. a. hatte er auf der »Tirpitz« gedient. Seit November 1944 befehligte er ein Ausbildungsboot der 31. Flottille, das Ende April 45 die letzten Einsatzübungen, die sogenannte AGRU-Front, absolviert hatte, um sich für Feindfahrten zu qualifizieren. Ein für die Verhältnisse im letzten Kriegsmonat nicht ungewöhnlicher Vorgang, denn die Leitung der Kriegsmarine brauchte händeringend Boote mit Mannschaften, die wenigstens einigermaßen ausgebildet waren. Die meisten dieser Boote galten bald als vermisst oder gesunken. Der Besatzung von U 25XX musste klar gewesen sein, auf welches Schicksal ihre kurze Laufbahn hinauslaufen sollte. Trotzdem gab es nach wie vor junge Männer, die sich fürs U-Boot-Geschäft begeistern konnten. Einer davon war Heinrich Hohenstein.

Aus den spärlichen Notizen der Archive zur Seekriegsführung im II. Weltkrieg ergibt sich folgender Ablauf der Ereignisse.
U 25XX, unter Oberleutnant zur See Manthey, lief am 01.05.1945 von Travemünde aus. Das Boot verlegte nach Kiel. Von dort lief das Boot am 04.05.1945 wieder aus. Das Boot sollte nach Kristiansand verlegen.

Auf dem Weg dorthin wurde es, in der Ostsee bei Flensburg-Feuerschiff, von »Typhoons« der britischen 2. Tactical Air Force Squadron 184 mit Raketen versenkt. An diesem Tag lief U 25XX zusammen mit U 2XX aus der Geltinger Bucht aus. Die beiden Boote wollten nach Norwegen verlegen, als sie beim Passieren von Flensburg Feuerschiff, etwa um 11:45 Uhr, von Jagdbombern der britischen Squadron 184 angegriffen wurden. U 2XX verschwand aus ungeklärten Gründen schnell unter der Wasseroberfläche. Die Flugzeuge versenkten U 25XX durch Raketenbomben. Das Wrack liegt noch heute südöstlich vom Flensburg Feuerschiff, im Schifffahrtssperrgebiet in einer Wassertiefe von 35 Metern. Position und Planquadrat sind bekannt.
Ein Marinearchiv listet insgesamt 43 Besatzungsmitglieder auf, wobei ein Überlebender aufgezählt wird, alle anderen gelten als tot.

Damit würde sich die Recherche nach dem Verbleib dieses U-Boots erschöpfen, wenn es nicht zwei Briefe aus dem Jahr 1946 gäbe, die vom harten Kern der Hohensteins unter Verschluss gehalten erst nach der Jahrtausendwende vom letzten Geheimnisträger einem Nachkommen zugespielt wurden. Allein beim Überfliegen der zusammengenommen sechs eng getippten Seiten erkennt man, dass die oben genannte Statistik korrigiert werden muss. Demnach gab es nämlich noch mindestens drei weitere Kameraden, die sich bei einem Zwischenhalt zur Verpflegungsaufnahme von Bord entfernt hatten, ohne zurückzukommen. Die Namen tauchen in keiner offiziellen Eintragung auf.
Auch die angegebene Zahl an Überlebenden stimmt mit diesen privaten Schilderungen nicht überein, denn hier ist von insgesamt sechs Männern die Rede, die sich in ein Schlauchboot gerettet hätten.

Soviel zur Verlässlichkeit institutioneller Datenverwaltung.

Beide Dokumente stammen aus dem Jahr 1946.
Der Brief vom 21.August richtet sich an einen Bruder Heinrich Hohensteins, der zweite vom 3. September an seine Ehefrau und Witwe, Ilse Hohenstein, geb. Kühn. Die hatte den aufstrebenden Offiziersanwärter knappe zwei Jahre vor den Ereignissen in der Geltinger Bucht in einer Fronturlaubszeremonie geehelicht und war im darauffolgenden Kurzurlaub Heinrichs schwanger geworden. Seine Tochter Hanna hatte er danach noch zweimal gesehen.
Bei der ersten Quelle handelt es sich um einen Bericht, der in einer persönlicher Briefform gestaltet ist, sich jedoch weitestgehend einer Bewertung der Abläufe und Handlungsmotive enthält. Verfasst ist das Ganze von einem überlebenden Zeitzeugen der Vorgänge, einem Oberleutnant zur See Kurt Dinkel. Der Autor der zweiten Quelle beschreibt ihn als einen ansprechenden Menschen, »der logisch und klar denkt.« Er hält »daher seinen Bericht für durchaus objektiv, soweit man davon bei solchen Gelegenheiten überhaupt reden kann.«
Solche Formulierungen klingen beim ersten Lesen unverdächtig, lassen aber, wenn man den gesamten Inhalt erfasst hat, Zweifel an der Verlässlichkeit dieser zweiten Überlieferung aufkommen. Verfasst wurde sie augenscheinlich von nahestehenden Verwandten oder guten Freunden der Witwe. Dabei handelt es sich um eine Schilderung aus zweiter Hand, da diese Darstellung der Vorgänge sich ausschließlich auf ein Gespräch mit eben jenem Dinkel beruft, der den ersten Brief geschrieben hat.

Aus dem kollektiven Gedächtnis der Hohensteins ist kaum etwas gespeichert, was die detaillierten Schilderungen der Geschehnisse zwischen dem 1. und 4. Mai 1945 betrifft. Das blieb geheime Familiensache.
Allerdings ist in Erinnerung, dass man im engeren Familienkreis auf Dinkel nicht gut zu sprechen war. Demnach könne man dem nicht über den Weg trauen, habe er komische Ansichten, sei zwielichtig, windig, ein Defätist, der womöglich nur heil davongekommen sei, weil er sich vorzeitig feige von Bord gemacht habe. Kein Wunder, das sei ihrem Heinrich schon vorher aufgefallen. So oder ähnlich ging die Rede.
Was hatte der Mann falsch gemacht, um vor der Familie Hohenstein so schlecht dazustehen? Schließlich hatte er doch auf ausdrücklichen Wunsch Auskunft gegeben über das tragische Ende von U 25XX, ihnen also einen Gefallen getan, aus seiner Sicht.
Er hatte schlicht nicht damit gerechnet, dass sein Bemühen um Objektivität, seine nüchterne Betrachtungsweise der Dinge und insbesondere seine aufgeklärte Distanz zur nationalsozialistischen Kriegsführung, die für den damaligen Zeitgeist tatsächlich ungewöhnlich ist, bei den Hohensteins auf Unverständnis und Ablehnung stoßen würde.
In seiner an der Wahrhaftigkeit der Geschehnisse orientierten Darstellung erscheint Heinrich Hohenstein als ein einfaches Rädchen im U-Boot-Betrieb, durch seinen Status als Auszubildender abgekoppelt von der Kommandohierarchie im Schiff, der zum bitteren Schluss einen sinnlosen, zudem qualvollen Tod erleiden muss. Das konnte kein Hohenstein so stehen lassen.
Der Autor des zweiten Briefes hat die Sache ungleich sensibler für solche Stimmungen erledigt.

Damit konnte die Witwe und mit ihr die ganze Familie mehr anfangen. Das passte besser ins Bild von Heinrich, dem U-Boot-Kommandanten, der im tapferen Kampf gegen brachial daherkommende Briten auf der Brücke seines Schiffs den Heldentod gestorben ist. So einer holt sich seine Befehle von niemand Geringerem als Großadmiral Dönitz persönlich, feiert noch schnell mit den Kameraden in bester Stimmung seinen 28. Geburtstag, um dann frohen Mutes zum Fronteinsatz gen Norwegen zu schippern.

Kiel-Friedrichsort, den 21.8.1946

Sehr geehrter Herr Hohenstein!

Gestern erhielt ich durch Kaptlt. Kuhnke Ihre Anschrift. Ich will nun nicht versäumen, Ihnen einen Bericht über den Verbleib Ihres Bruders zu geben.Wie Sie ja wissen, war Ihr Bruder als Kdt. Schüler auf U-25XX (Manthey) eingeschifft. Auf diesem Schiff war ich I.W.O. – Bis 1. Mai 1945 lagen wir bei der 25. U-Flt. in Travemünde und warteten auf Restarbeiten, die jedoch nicht mehr durchgeführt werden konnten, da alle Werften zerstört bzw. in Feindeshand waren, bis auf Lübeck. Am 1. Mai erreichte uns der Befehl nach Lübeck in die Flender Werke zu gehen, um dort ein paar Tage Restarbeiten zu machen. Als wir doch am 2. Mai vormittags dort eintrafen, standen die engl. Panzer bereits vor der Stadt und wir mussten wieder nach Travemünde ablegen. Auf der Trave griff uns ein einzelner Jabo mit Bordwaffen an, ohne jedoch ausser einigen Löchern in der Brückenaussenhaut und in Tauchbunkern und 2 Verwundeten, grösseren Schaden anzurichten.

In Travemünde hielten wir uns nicht auf, sondern liefen gleich weiter in See, mit der Absicht, in Kiel einzulaufen. In der Nacht erfuhren wir jedoch durch F.T. (= wahrscheinlich Funktelefon) *den bevorstehenden Fall Kiels und liefen deshalb befehlsgemäß weiter zur Geltinger Bucht, von wo wir am 3. Mai abends nach Behebung der auf der Trave erlittenen Schäden nach Norwegen auslaufen wollten. Am Nachmittag dieses Tages gingen 3 Soldaten an Land und waren am Abend noch nicht zurück.*

Da der Kmdt. Gerade diesen Soldaten, unter denen sich auch sein Aufklärer befand, besonderes Vertrauen schenkte, wollte er an die tatsächliche Fahnenflucht nicht glauben und das Wiedererscheinen der Soldaten abwarten. Erst am nächsten Morgen, als sich auch das Fehlen von 1000 Zigaretten herausgestellt hatte, gab er das Warten auf und lief gegen 10 Uhr am 4.5. aus. Auf diese Weise also kam es, dass das Boot statt bei Nacht bei Tage auslief. Da wir keine Karten von den Wegen nach Norwegen hatten, war beabsichtigt, beim Flensburg Feuerschiff auf ein anderes Boot zu warten, das ebenfalls nach Norwegen ging, um uns dort anhängen zu können. Deshalb liess ich das Schlauchboot nicht verstauen, sondern an Oberdeck festzurren, um so während der Wartezeit am Feuerschiff evtl. noch Verbindung mit diesem aufnehmen zu können. Als wir jedoch dort ankamen, sahen wir etwa 4 Sm vor uns ein weiteres Boot, das ebenfalls nach Norwegen ging. Wenige Minuten später etwa um 11 Uhr 30 steigen aus der Sonne etwa 20-30 Jabos aus allen Rohren und Bordwaffen und Raketenbomben feuernd auf die beiden Boote herab.

Das Boot vor uns ging nach wenigen Sekunden in einer Explosion in die Luft.

Auch wir erhielten einen Bombentreffer im Vorschiff unter Wasser in die Batterieräume, die sofort stark Wasser machten und starke Chlorgase zu entwickeln begannen.Ich muss hinzufügen, dass ich mich während des Angriffs als WO auf der Brücke befand und so die Vorgänge im Boot nur vermuten kann. – Der LI meldete Wassereinbruch im Vorschiff und dass abgeschottet würde. Der Kmdt. gab mir nun den Befehl einzusteigen, das Luk zu schliessen und ohne die Brückenwache Alarm zu fahren. Er selbst wollte mit der Brückenwache oben bleiben, um so wenigstens den Grossteil der Besatzung und des Boots evtl. zu retten. Der Befehl war jedoch Wahnsinn und hätte bei strikter Ausführung ebenfalls zu Vernichtung des Bootes geführt, da erstens das ganze Boot, wie ich einige Sekunden später feststellte, bereits durch Batteriegase vergast war und zweitens, da bei 20 m Wassertiefe jedes auf Grund liegende Boot aus der Luft gesehen wird und unweigerlich mit Wasserbomben wahrscheinlich sogar mit Raketenbomben vernichtet wird. Ich stieg jedoch befehlsgemäß ein. Im Turm schlug mir sofort ein leichter Chlorgasgeruch entgegen. Plötzlich brachen aus den zum Bugraum führenden Sprachrohren Strahlen grüngelben Chlorgases hervor, die den vor diesen Rohren sitzenden Rudergänger sofort ohnmächtig werden liessen. Ich selbst stand während dieser Zeit sekundenlang auf der vom Turm zur Brücke führenden Leiter, unschlüssig, ob ich das Luk nun schliessen sollte oder nicht. In der Zentrale war alles still, so dass ich annehmen musste, dass auch dort alles das Bewusstsein verloren hatte. An Backbordseite neben dem Sehrohr sah ich in diesen Sekunden Ihren Bruder stehen, der gerade dabei war, sich einen Tauchretter umzulegen. (Ja, der »Tauchretter« - auch so eine Wundertüte aus großen Zeiten, die den jungen Seewölfen vorgaukeln sollte, dass es immer noch eine gute Chance gab zu überleben, selbst wenn die Luft in der engen Stahlröhre zum Ersticken knapp werden oder das Wasser im Boot über den Hals hinweg steigen würde. Der Tauchretter ist als ein Atemschutzgerät deklariert, welches es seinem Träger ermöglichen soll, eine gewisse Zeit in einer Umgebung ohne ausreichend atembare Luft, insbesondere im Wasser, zu überleben. Mit der Entwicklung der ersten militärisch brauchbaren U-Boote kurz vor dem I. Weltkrieg stellte sich auch die Frage nach Rettungsmöglichkeiten für die Mannschaften. Die Versuche mit diesen Geräten verliefen nicht selten tödlich. Trotzdem wurde, vor allem in England, weiter daran herumgewerkelt, wo das Ding unter dem Namen Davis-Tauchretter (Davis Escape Set) bekannt war. In Deutschland erfand die Firma Dräger aus Lübeck 1907 den sogenannten U-Boot-Retter. Das System basiert auf dem Prinzip der Sauerstoffzufuhr aus einer Hochdruckflasche bei gleichzeitiger Absorption des Kohlendioxids durch eine zwischengeschaltete Patrone mit Natriumhydroxid. Das Dräger-Modell wurde ab 1916 Standard-Ausrüstung der Kaiserlichen Marine und blieb dies auch, im Prinzip unverändert, bei der Kriegsmarine im II. Weltkrieg. Selbst abgebrühten Beobachtern wurde angesichts halsbrecherischer Ernstfallübungen übel vom Zuschauen und unter Experten war man sich einig, dass bestenfalls die kaltblütigsten und diszipliniertesten Marinesoldaten eine sehr geringe Chance damit hätten. Daher war der propagandistische Wert dieser vermeintlichen Retter ungemein größer als der rein praktische. Sie sollten den Männern an Bord einfach in den Glauben einlullen, dass alles in Butter war, selbst wenn der Kahn schon im Begriff stand abzusaufen. Es gibt keinen nennenswerten Bericht darüber, dass diese Atemsäcke irgendeinem U-Boot-Fahrer das Leben gerettet hätten.)

Durch die oben geschilderte Feststellung der Vergasung des Bootes und in der daraus resultierenden Erkenntnis der Unhaltbarkeit des Bootes gab ich den Befehl: „Alle Mann aus dem Boot" und stieg auf die Brücke, schleifte noch den neben mir nach Luft schnappenden WI mit hinauf und warf ihn über Bord.

Dann stürzte ich mich auf die Brückenverkleidung und wurde von dem von vorne über das unterschneidende Boot stürzende Wasser erfasst und unter den Schrauben hindurch weit nach achteraus geschwemmt. Als ich aus dem Strudel wieder auftauchte, sah ich in etwa 500 m Entfernung das Heck des Bootes aus dem Wasser ragen und mehrere Besatzungsmitglieder im Wasser schwimmen. Nachdem die Jabos nun noch einen Treffer in das Achterschiff des bereits gesunkenen Bootes erzielt hatten, sackte auch dieses schnell ab. Das Schlauchboot hatte sich jedoch anscheinend beim Sinken losgerissen und trieb unweit der Untergangsstelle herum. 5 Mann, darunter ich, konnten sich in dem Schlauchboot retten. Wir verblieben etwa noch eine halbe Stunde über der Untergangsstelle und paddelten dann los in Richtung Flensburg Feuerschiff, das etwa 2 Sm ab war. Nach mir hat nur noch der Ob.Strm. das Boot verlassen. Auch er behauptet, Ihren Bruder beim Umlegen des Tauchretters noch gesehen zu haben.Auf welche Weise Ihr Bruder nun den Tod gefunden hat, kann ich nicht mit Bestimmtheit sagen. Sei es, dass er durch Gase bereits vor dem Eindringen des Wassers betäubt wurde, sei es, dass er ertrank, ich weiss es nicht.

Fest steht, dass er aus dem Boot nicht mehr herausgekommen ist, denn der Ob.Strm. wurde bereits während des Aussteigens vom überkommenden Wasser erfasst und an die Brückenverkleidung

gepresst, so dass er während des ganzen Vorganges des Untergehens auf der Brücke war und erst nach oben konnte, als beim Aufstossen des Buges auf Grund der Wasserdruck nachliess und ihn freigab.
Als ich im Juli 45 Gelegenheit hatte nach Flensburg zu kommen, habe ich den Untergang des Bootes mit einer Besatzungsliste an den B.d.U. und die dortige DRK Dienststelle für Gefangene und Vermisste abgegeben. Ebenso habe ich dasselbe im August 45 an die KMD Flensburg gemeldet. Vor etwa 8 Tagen gab ich dieselbe Meldung an das Marine-Dokumentenamt in Minden ab.
Das besonders Tragische am Untergang des Bootes und an dem Tod so vieler lieber Kameraden ist das, dass es sich 18 Stunden vor der Kapitulation der Schleswig-Dänemark Streitkräfte ereignete und so eben vollkommen sinnlos erscheint.
Herr Hohenstein! Da ich annehme, dass auch Sie Soldat waren oder noch sind, kann ich mir leere Worte des Trostes oder Beileids sparen, sie würden doch nur im allgemeinen Elend, das über uns alle gekommen ist, wirkungslos verhallen.
Ich würde mich freuen, Sie oder Ihre Eltern einmal persönlich zu sprechen und vielleicht noch ausführlicher berichten zu können. Sicherlich werden Sie noch Fragen haben, die ich jetzt nicht übersehen kann. Ich bitte Sie, sich dann weiter an mich zu wenden, ich stehe Ihnen jederzeit gerne zur Verfügung. Ich teile Ihnen jedoch gleichzeitig mit, dass ich vom 6. – 25.9. in Urlaub und damit nicht zu erreichen bin.
Mit besten Grüssen verbleibe ich Ihr

gez.

Kurt Dinkel

Ich bitte um Empfehlung an Ihre werten Eltern.

Kiel; den 3.September 1946

Liebe Ilse!

Für Deinen Brief vom 25.8.46 danken wir Dir vielmals. Er enthält allerdings keine gute Nachricht. Deinem Wunsch entsprechend habe ich heute den Oberleutnant z.S. Dinkel, 1.Minen-Räum-Division, Kiel-Friedrichsort, aufgesucht, um mir den Hergang beim Verlust des U-Bootes 25XX (diese Nummer nannte er mir, wenn ich mich recht erinnere) schildern zu lassen.
Dinkel ist ein ansprechender Mensch, der logisch und klar denkt. Ich halte daher seinen Bericht für durchaus objektiv, soweit man davon bei solchen Gelegenheiten überhaupt reden kann. Denn eins muß berücksichtigt werden, nämlich, daß vom Unglückstag bis heute bereits eine ziemliche Zeit verstrichen ist.
Doch nun zunächst die Tatsachen, wie sie sich zugetragen haben. Heinrich hatte mit seinem Boot die Einsatzübungen beendet und sollte zu einer Werftüberholung für die Feindfahrt gehen. Vorgesehen war dafür eine Hamburger Werft. Da diese durch Feindeinwirkung beschädigt und nicht mehr in der Lage war, die Überholungsarbeiten durchführen zu können, wurden nach langem Hin und Her nunmehr die Flender Werke in Lübeck dafür bestimmt. Sie fuhren daher am 1.Mai 1945 die Trave aufwärts. Bei den Flender Werken angekommen, wurde die Inangriffnahme der Arbeiten mit dem Hinweis abgelehnt, daß der Feind vor den Toren Lübecks stände und sie man abhauen sollten, wenn sie nicht in Gefangenschaft geraten wollten. Sie sind darauf hin nach Travemünde zurückgefahren.

Da es aber anscheinend noch immer nicht klar war, ob sie als Frontboot galten, ist Heinrich am gleichen Tage noch zu Dönitz ins Hauptquartier nach Plön gefahren. Er hat von hier die Bestätigung mitgebracht, daß sie Frontboot seien und nach Norwegen auslaufen sollten. Schon aus diesem Grunde herrschte an Bord eine gute Stimmung. Es kam aber noch hinzu, daß Heinrich Geburtstag hatte. Diesen hätten sie dann auch nett gefeiert. Am 2.5. sind sie dann ausgelaufen mit Kurs nach Norden. Bis Kiel-Feuerschiff hatten sie einen Jabo-Angriff, der aber nur unbedeutende Schäden verursachte. Verheerender wirkte sich allerdings die Befehlsgebung aus, denn bestehende Befehle seien des Öfteren von neugebildeten Dienststellen umgestoßen worden. Da auch in Kiel inzwischen die Lage ähnlich gleich der in Lübeck geworden war, wurden sie in die Geltinger Bucht beordert. Hier haben sie dann den ganzen Tag an der Beseitigung der Schäden durch den ersten Jabo-Angriff gearbeitet. Heinrich hatte gleichzeitig 4 Mann der Besatzung an Land geschickt, um Kartoffeln einzukaufen. Diese sollten bis gegen Abend zurück sein. Es sei immer später geworden, aber die Leute seien nicht zurückgekommen, so daß bei Dinkel der Verdacht gekommen sei, daß die Leute stiften gegangen seien. Heinrich hätte diesen Verdacht aber nicht geteilt. Leider seien die Männer aber nicht zurückgekehrt. Am 3.5. um 10.00 Uhr seien sie dann in See gegangen. Für die Überfahrt nach Norwegen hatten sie Anweisung, im Sund ein Boot mit Proviant und Brennstoff anzusteuern und dieses Boot leer zu machen. Leider fehlten ihnen aber für die Durchfahrt durch Sund oder Belt und für die Fahrt nach Norwegen die See-und Minenkarten.
Sie hätten daher beschlossen, bei Flensburg-Feuerschiff auf andere Boote oder Fahrzeuge zu warten, die ebenfalls nach Norden gingen.

Denn in diesen Tagen bewegten sich viele fahrklare Schiffe nordwärts. An eins von diesen wollten sie sich dann anhängen. Sie hätten dann auch gegen 14.00 Uhr in etwa 3 bis 4 Seemeilen Abstand ein anderes U-Boot ausgemacht. Dieses hätte auf Anfrage mitgeteilt, daß es beabsichtige nach Norden durchzukommen. An dieses Boot wollten sie sich anhängen. Zur Ausführung ist es dann aber nicht mehr gekommen, denn plötzlich erscholl der Ruf „Flieger". Aus der Sonne kommend, also sehr schlecht auszumachen, seien etwa 20 Jabos auf sie losgestürzt. Der Verband hätte sich geteilt und jedes Boot sei etwa von 10 Jabos Angegriffen worden. Es ist nicht nur mit Bordwaffen geschossen worden, sondern die Flugzeuge haben auch Raketenbomben geworfen. Eine Bombe hat das Vorschiff von Heinrichs Boot so unglücklich getroffen, daß ein Wassereinbruch erfolgt sei. Gleich nach der sehr starken Detonation sei diese Meldung von der Zentrale durchgegeben worden. Von dem Wassereinbruch ist in erster Linie der Batterieraum getroffen worden. Es hat sich gleich in starkem Maße Gas gebildet. Heinrich war während dieser Zeit im Turm, Dinkel hatte Wache und war mit den Ausguckposten oben. Um den Wassereinbruch in das gesamte Boot zu verhindern, sei das betreffende Schott und somit der Raum abgeriegelt worden. Der Wassereinbruch muß aber doch sehr stark gewesen sein, denn das Vorschiff sei weggesackt. Dinkel hat von oben gesehen, wie sie im Turm Tauchretter angelegt haben. Er ist, da Alarmtauchen befohlen worden ist, von der überkommenden See über Bord gespült worden und etwa 500 Meter vom Boot entfernt wieder aus dem Wasser getaucht. Das Boot hatte in diesem Augenblick eine Neigung von etwa 45 Grad nach vorn und wurde von Jabos beschossen. D. nimmt an, daß es auch getroffen worden ist, denn das Heck sei da auch

weggesackt. Dies hat sich alles in einem Zeitraum von etwa 2 1/2 Minuten zugetragen.
Ich muss hier zunächst noch folgendes einfügen: Als Beweis für seine Annahme, daß die Gasentwicklung durch die Batterie sehr stark gewesen sein muss, führte er an, daß aus den Sprachrohren am Ruderstand die Pfropfen rausgeflogen seien. Der Rudergänger sei in kurzer Zeit bewusstlos gewesen. Er habe ihn noch hochgezogen und, nachdem er wieder zu sich gekommen sei, über Bord geholfen.

Von dem untergegangenen U-Boot hat sich das Schlauchboot gelöst. Hierauf ist er, nachdem die Jabos abgeflogen sind, zu geschwommen. Von der Brückenwache haben sich dann noch 5 Mann und später auch noch der Obersteuermann angefunden. Sie sind mit dem Schlauboot noch über eine halbe Stunde über der Untergangsstelle, die etwa 2 Seemeilen südöstlich von Flensburg-Feuerschiff sein soll, geblieben. Aus dem Boot sei leider niemand mehr an die Wasseroberfläche gekommen. Dies sei auch kaum anzunehmen gewesen, denn durch die Gasentwicklung sei wohl schnell die Bewusstlosigkeit eingetreten.

Es bleibt nur noch zu erwähnen, daß von den im Wasser Treibenden nicht alle gerettet worden sind. Dies geht daraus hervor, daß der einen diesen, der andere den gesehen haben will. Es kann möglich sein, daß sie in der Nähe des Bootes von Kugeln getroffen worden sind. D. nimmt aber an, daß diese Kugeln dem Boot gegolten haben, um es zum Sinken zu bringen.

Soweit die Ausführungen von Dinkel. Sie bestätigen Dir, daß Heinrich mit seinem Boot in den Fluten der Ostsee ruht. Wie schmerzlich für Dich und Hanna dieser Verlust ist, vermögen wir zu ahnen. Worte sind auch nur ein schwacher Trost für den, der diesen Verlust zu beklagen hat.

Trotzdem, liebe Ilse, sprechen wir Dir unser Mitgefühl aus und hoffen, daß Deine Lieben Dich über die schweren Stunden hinweg helfen. Mag das Leben zunächst auch sinnlos erscheinen, es ist aber sicher im Sinne von Heinrich, daß Du Deine Hanna aufziehst zu einem deutschen Mädchen, die vielleicht einmal später in der Lage sein wird, mitzuhelfen, das Schicksalsrad wenden zu helfen.

Es grüßen Dich und Hanna herzlichst
Karl, Gertrud u. Rita

P. S.: Ilse Hohenstein hat nie wieder geheiratet. Als Heldenwitwe blieb sie ein integrales Mitglied der Familie, die auf keiner Feier fehlen sollte. Sämtliche Jubiläen einer robusten Ehe hat sie eingehalten: Silber, Gold, Diamant. Im kleinen Kreis und dezent, dem Anlass entsprechend.
Sie wurde damit hundert und verschwand auf eigenen Wunsch in einer Seebestattung von dieser Welt, um, wie in ihrer Trauerrede angemerkt, ihrem Heinrich endlich wieder nahe zu sein. Ihre Tochter Hanna hat nicht dabei mitgeholfen, das Schicksalsrad wie auch immer zu wenden, sondern führt ein selbstbestimmtes Leben in der Bundesrepublik Deutschland.

Fünfundachtzigster Geburtstag

Wenn Mutter so richtig ins Erzählen kommt, wie jetzt gerade, gibt´s kein Halten mehr.
Natürlich geht es um früher, und natürlich werden alle, die wir hier sitzen und ihr zuhören, erfahren, wie es wirklich war.
Nun kommt die Wahrheit auf den Tisch, wird kein Blatt mehr vor den Mund genommen.
Wieder mal, denke ich und behalte es für mich.
Weil es höchste Zeit ist, würde Mutter dagegenhalten, wenn sie wüsste, was sich meine Gedanken erlauben, dass den zahllosen Besserwissern, die heutzutage im Fernsehkasten und überflüssigerweise auch noch im Internet neunmalklug räsonieren, endlich gesagt wird, wie das damals tatsächlich war, so kurz nach dem Krieg, als sie, Alma Doll, zu der Zeit noch Alma Hohenstein, zusammen mit Oma Hedwig und den anderen, die Churchill und die Amis nicht klein gekriegt hatten, ohne zu klagen daran gegangen waren, das Heft des alltäglichen Handels in die Hand zu nehmen und den ganzen Mist, den der Engländer mit seiner Brachialgewalt angerichtet hatte, wieder aufzuräumen.
... Und glaubt ja nicht, dass jemand danach gefragt hätte, was einem zuzumuten war und was nicht, oder ein großer Unterschied gemacht wurde zwischen Mann und Frau. Die Männer waren ja alle weg, also, die, die noch hätten mit anfassen können – erst an der Front und dann in Gefangenschaft.
Dass viele gar nicht wieder aufgetaucht sind, bleibt unerwähnt. Bei aller Mitteilungsfreude hat Mutter doch ein Gespür für Stimmungen.
Wenn sie jetzt noch mit einer dieser Bemerkungen nachlegt, die ihre Schwiegertöchter daran erinnern

sollen, wie gottverdammt verwöhnt sie sich gefälligst vorzukommen haben bei dem verweichlichten Mannsvolk von heute, das ihren Weibern viel zu viel vor den Arsch trägt, kann ich mich schon mal auf eine hübsche Retourkutsche von Sabine freuen, nachher im Auto.

Aber es kommt nix, Gott sei Dank!

Mutter scheint von ihrer eigenen Geschichte dermaßen abgelenkt, dass sie die Spitzen vergisst, und Sabine ist keine Regung anzumerken, glaube ich. Was allerdings nicht heißen muss, dass sie wirklich nichts ...

Aber nein, heute doch nicht. Schließlich ist heute Geburtstag, Mutters fünfundachtzigster.

Da gebieten Respekt und Höflichkeit selbstredend, dass die Jubilarin das Wort führen darf. Das wird Sabine genauso sehen.

Heute ist Mutters Tag, und alle anderen haben hinter der Würde des Anlasses zurückzustehen, auch wenn der offizielle Teil der Feierlichkeiten überstanden ist.

Von der großen Gesellschaft, die an die festlich gedeckten Tische im großen Saal der *Strandhalle* geladen war, hat sich die weiter gefasste Verwandtschaft der Hohensteiner bereits wieder in ihre norddeutsche Heimat verstreut.

Je höher das Durchschnittalter der Gäste umso früher ist die Feier vorbei, hatte ich Mariella versichert, um sie zum Mitkommen zu überreden, obwohl ich wusste, dass einmal Cheerleader-Training ausfallen zu lassen, megamäßig mehr Opferbereitschaft bedeutet als eine Karaoke-Party am Wochenende zu versäumen. Erleichtert wurde ihr die Entscheidung dadurch, dass Sven für diesen Mittwoch glücklicherweise auch nichts Wichtigeres im Organizer hatte.

Welch ein genialer Zufall!

So war ich nicht nur drum herumgekommen, Mutter eine Absage ihrer Enkelin beibringen zu müssen, sondern hatte sogar noch einen Überraschungsgast parat. Den jungen Mann hatte sie doch längst kennen lernen wollen.
Manchmal hab´ ich das Gefühl, dass ihr den vor mir verstecken wollt.
Aber Mutter! Wie kommst du darauf. Es ist nur, die beiden haben so wenig Zeit und ...
Ach, dummes Zeug! Sind doch junge Leute. Was können die schon so viel um die Ohren haben. Kann mich nicht erinnern, dass ihr früher so wenig Zeit gehabt hättet. Und auch noch, wenn es um wichtige Familienfeste gegangen wäre.
Jaja, früher haben Kinder noch auf ihre Eltern gehört ...
Ja, und hat euch das etwa geschadet?
Lassen wir das. Jetzt kommen sie ja mit, äh, wenn nicht völlig Unvorhersehbares dazwischenkommt, und freuen sich drauf.
Das will ich auch hoffen. Ich möchte auf keinen Fall, dass sich irgendwer wegen mir große Umstände macht oder etwas verpassen muss. Also, wer kommt, soll gerne kommen oder wegbleiben.
Komm, Mutter, es ist gut. Wir kommen alle gerne und zu viert!

Das war vor einem halben Jahr, in der Druckphase der Festtagsplanung. Jetzt sitzt Mariella brav im lindgrünen Polster von Mutters Lieblingssessel, hellwach, mit halb offenem Mund. Ein untrügliches Zeichen, dass sie den Augenblick genießt. Sven fühlt sich ebenfalls sichtlich wohl. In Ermangelung einer Sitzgelegenheit, die ihm größtmögliche Nähe zu meiner Tochter erlaubt, hat er sich auf die linke Sessellehne zu Mariellas gerückt. Sein rechter Arm verschwindet fast ganz hinter ihrer Schulter.
Was wohl die dazugehörige Hand treibt?

Ab und zu stupst er ihr seine Nase ins Haar, als wolle er dort eine Witterung aufnehmen. Sabine, ihre Mutter und meine Frau, die sich kerzengerade auf ihrem massiven Eichenstuhl hält, scheint das überhaupt nicht zu registrieren. Wenn´s um deine Tochter geht, siehst du bald weiße Mäuse, meint Sabine, seitdem ich angeblich irgendetwas Böses geäußert haben soll, als wir Mariella und Sven zum ersten Mal zu zweit getroffen hatten. Getroffen ist eigentlich der falsche Ausdruck. Wir hatten sie schlicht erwischt, zumindest überrascht, inmitten eines Pulks von in olivfarbener Tarnwäsche gehüllter Schnösel. So oder so ähnlich muss ich mich, noch unter dem Schock des ersten Eindrucks stehend, danach tatsächlich geäußert haben.

Was soll man auch sagen, wenn einem so Knall auf Fall der Freund seiner eigenen Tochter als Gefreiter Soundso präsentiert wird?
Geschieht dir ganz recht, hatte mich Sabine danach aufgezogen, da siehst du endlich mal, wie sich die Welt verändert hat.
Manchmal, sagt sie, habe sie den Eindruck, dass ich mit meinen Ansichten nicht nur irgendwo in den Achtzigern stehen geblieben sei, sondern mich direkt zurück entwickle. Ob ich überhaupt schon gemerkt hätte, dass wir uns in einem neuen Jahrtausend befinden.

Im Moment befinden wir uns bei meiner Mutter zuhause, und ich registriere mit Respekt, wie sie es immer wieder schafft, die Pointen so treffend zu setzen. Da kann ich nur den Hut ziehen.Gerade erzählt sie von ihrem ersten Tag beim Ami, und wie sie, von der Macht der Gewohnheit beherrscht, ihren neuen Chef zackig mit »Heil Hitler« begrüßt
und sich im gleichen Atemzug am liebsten die Zun-

ge abgebissen hätte, während der Colonel aus Oregon – ein Baum von einem Kerl, aber ´ne Seele von Mann, sag´ ich euch – sein neues deutsches Office-Fräulein nur kurz staunend fixiert, um die Schrecksekunde dann mit einem sich über die ganze Breite seiner Pausbacken ziehenden Lachen zu verscheuchen.
Wir, die jetzt um den Couchtisch in Mutters gute Stube versammelt sind, lachen auch.
Ja, Mensch noch mal, muss Mutter selbst über den Aberwitz von damals schmunzeln, nur drei Monate vorher, beim Dienst in der Kommandantur war das doch gang und gäbe. Und wehe, wenn du das verfluchte »Heil« mal vergessen hattest. Da konnte einem was blühen, bis zuletzt. Das hatte man einfach drin, war in Fleisch und Blut übergegangen. Hast du nicht drüber nachgedacht. Und plötzlich will keiner mehr was davon wissen. Da schalt´ mal so schnell um. Da hätte ich euch mal sehen mögen ...
Mariella nickt wie eine Erstklässlerin. Sven grient zufrieden.
Der Rest der Runde, komplettiert durch Tante Ilse und Tante Guste, beide verwitwete Hohensteins, meinen Bruder Rüdiger, meine Schwägerin Gisela und meinen Neffen Tobias nebst Freundin Julia, fühlt sich ebenfalls bestens unterhalten.
Bei Letzteren erkennt man das schon daran, dass keiner von beiden am Handy fummelt und mit einem in die Unendlichkeit des mobiltelefonischen Kosmos dringenden Blick Anrufliste oder WhatsApp runterscrollt. Wie vorhin in der *Strandhalle*, als sich zwischen Brunch und Kaffee für sie so ein Zeitloch aufgetan haben muss, das junge Menschen ohne Handy nicht mehr überbrücken können. Von Rüdiger weiß ich, wie sehr er es mag, wenn Mutter in Heidi-Kabel-Manier Stimmung macht. Von ihrer

Festtagslaune angesteckt, schenkt er *Fürst Metternich* nach. Lieber wäre ihm - wenn ich ehrlich bin, mir auch – Champagner. Aber den gab´s gerade mal zur Begrüßung zum offiziellen Teil, und das auch nur, weil sich Mutter vor Tante Guste nicht blamieren wollte, die das sündhaft teure Zeugs früher getrunken haben soll wie Brause. Mittlerweile verträgt sie nur noch stilles Mineralwasser, achtet aber, meint Mutter, peinlichst drauf, was offiziell angeboten wird.Nun jedoch ist der Teil vorbei und selbst *Fürst Metternich* des Guten schon fast zu viel. *Henkel* hätte nach Mutters Geschmack gereicht, was ihr von Rüdiger noch rechtzeitig ausgeredet werden konnte. Aber mit Champagner ist ab jetzt Schluss, denn, so hatte Mutter die Diskussion mit Rüdiger schließlich abgekürzt: »Wir sind Beamte und nicht verrückt!« Dieser kryptische Imperativ, der jeden halbwegs normal tickenden Zeitgenossen auf der Stelle sprachlos machen muss, steht, was den Dollschen Zweig des Hohensteiner Stammes angeht, kategorisch über allen Lebenslagen, unhinterfragt und fest. Als Urheberin der halsbrecherischen Logik wird meistens Oma Hedwig genannt, belegt ist das nicht. Was der Satz in der weiteren Verwandtschaft angerichtet hat, weiß ich nicht, aber für uns Dolls diente er, solange Mutter das letzte Wort hatte, als bestes Argument gegen alles, was einen geordneten Beamtenhaushalt kippen kann, nicht nur finanziell, sondern moralisch und charakterlich. Verbeamtet zu sein, war und ist aus Mutters Hohensteiner Warte betrachtet keinesfalls nur ein Berufsstand, sondern viel mehr, nämlich eine Sache der richtigen Einstellung - zum Dienst, zum Leben, zur Moral, zur Politik, kurz: zu Staat, Gott und der Welt.

Schon aufgrund seiner an treuen Staatsdienern reichen Familiengeschichte ist einer vom Stamm Hohenstein dazu verpflichtet, das Leben verbeamtet

anzugehen, ungeachtet dessen, was er beruflich tatsächlich treibt. Vor allem steht, stets staatstreu und anständig zu bleiben, wie Beamte eben.
Nachdem sich mein Vater vor nunmehr fünfzehn Jahren in die ewigen Pensionsgründe verabschiedet hat, wird der heilige Hohensteiner Beamtenkodex allein von Mutter gepflegt, der letzten Überlebenden eines in unserer Familie aussterbenden Standes. Eine Entwicklung, die sie geflissentlich ignoriert. Beamte gehören einfach zu ihrem Alltag wie die Luft zum Atmen.
Kein Wunder, dass sie selbst dort, wo längst keine mehr dienen oder nie welche gedient haben, lauter Beamte wirken sieht: auf der Post, bei der Bahn, in Banken und Sparkassen. Einen anständigen Beruf ausüben, kann für sie nur jemand, der zum Dienst geht. Ergo gehen ihre Söhne zum Dienst, auch wenn Rüdiger als Controller für *Metro* durch die Welt fliegt und ich ein privates Nachhilfeinstitut unterhalte. Das wurmt sie schon ein bisschen. Etwas aufgewogen wird das durch Gisela, die als diplomierte Pädagogin an der Volkshochschule im öffentlichen Dienst steht. Zwar nicht als Beamtin, aber immerhin im richtigen Dienst, ganz offiziell. Sabines Halbtagsstelle im Kindergarten fällt weniger ins Gewicht.

Heute wirkt Gisela ganz und gar nicht wie eine Beamtin, wenn ich mir anschaue, zum wievielten Mal sie sich von Rüdiger nachschenken lässt.
Ob das etwas zu bedeuten hat? Wenigstens hat sich dieses notorische Cheese-Lächeln, das sie oft eine geschlagene Feier durch den Abend tragen kann, unter der Wirkung der spritzigen Dosis verflüchtigt. Jetzt lacht sie tatsächlich.
Ja, wenn Mutter mal in Fahrt ist.
Gerade kommt ihr jedoch Tante Guste dazwischen, die sich zaghaft aus dem Sofa meldet:

Also, bei uns im Hospital, ich war ja damals dienstverpflichtet ...
Wer war das nicht, fügt Tante Selma hinzu und schaut mit beredtem Blick an die Decke. Dann kichert sie Tante Guste verhalten an, als falle ihr zum Thema noch ein kleines Geheimnis ein, dass sie bis jetzt für sich bewahrt hat.
... wurde das zuletzt nicht mehr so streng gesehen, obwohl wir ja da schon längst der Wehrmacht unterstellt waren. Aber auf »Heil« und den ganzen Zinnober hat nachher kaum noch einer so´n Wert gelegt. Da gab´s Wichtigeres.
Das hätte sich Heinrich auch mal sagen sollen, sagt Tante Ilse mehr zu sich selbst als an uns gewandt, dann ...
Ach Ilse, ja, hätte, wäre. Heute sind wir schlauer, nimmt Mutter Tante Ilses Regung dankbar auf, um die Aufmerksamkeit wieder auf sich zu ziehen. Wer hat denn damals gewusst, was kommt? Solange einem keiner gesagt hat, dass kapituliert wird, hat man eben seine Pflicht getan, wie alle, oder fast alle. Was hätte man denn machen sollen? Abhauen? Desertieren? Kam überhaupt nicht infrage. Stell´ dir nur Vater vor, wenn einer sich nur ein Sterbenswörtchen in diese Richtung erlaubt hätte ... Außerdem wusste man doch, dass die mit jedem kurzen Prozess gemacht haben, den sie kriegen konnten, besonders zuletzt. Nee, mit so was sollten sie uns vom Leib bleiben .... Ich kann mich noch gut erinnern, wie Vater mich zusammengestaucht hat, als rauskam, dass ich London gehört hatte. Nur, weil ich den verdammten Sender nicht zurückgedreht hatte. Ob ich dumme Deern mich direkt ins Zuchthaus bringen wolle und ihn und Mutter auch ... Ich kann euch sagen, was ich mir in der Hintern hätte beißen können ...
Echt krass, juchzt es aus Mariellas Sessel.

Mutters naturalistischer Duktus kommt bei ihr gut rüber. Vor Begeisterung kneift sie ihrem Sven ins Bein.
Ich sehe, dass Tobias und Julia sich genauso gut belustigt fühlen. Gisela übt sich dagegen wieder in Contenance, wie gewöhnlich, wenn Unterhaltungen rustikal abgleiten.
Heute lässt sich Mutter von solchen Empfindlichkeiten nicht bremsen. Im Gegenteil, die ungeteilte Aufmerksamkeit der Jugend im Raum scheint sie nur mehr anzustacheln.
... Nicht wegen der Folgen, die das Ganze hätte nach sich ziehen können ... Mein Gott, ich war achtzehn, noch fast Kind, ...
Die Bemerkung provoziert für Nanosekunden ein ungläubiges Murren bei Mariella. Fragend schaut sie zuerst Sven an, der nur kurz die Schultern hebt und ansonsten grient wie vorher.
Mutter erzählt ihre Geschichte unbeeindruckt weiter: ...was wusste man damals schon, mit achtzehn? Bestimmt nicht so viel wie die jungen Leute heute. Wurd´ doch alles von uns ferngehalten. So gesehen haben die uns wirklich für dumm verkauft ...
Opa auch, fügt Tante Guste hinzu, der hat doch bestimmt mehr gewusst als wir, allein vom Dienst her ...
Klar, wird sie von Mutter unterbrochen, wusste der Bescheid, was los war. Deshalb ist er ja auch so fuchsteufelswild geworden wegen dem blöden Radiokasten, weil er Angst hatte, dass sie ihm auf die Bude rücken, von wegen Feindsender, und ihn womöglich noch rankriegen wegen Wehrkraftzersetzung.

Das Wort fasst Mariella fremd an. Ein kleines Fragezeichen scheint sich auf ihre Stirn zu kräuseln, doch schon glättet sich alles wieder.

Jetzt wäre eigentlich Grund nachzufragen. Aber wozu, wird sie sich sagen, war eh alles vor ihrer Zeit, was die Oma uns da auftischt. Guter Stoff zum Entertainen, wo am Restabend sowieso nichts mehr zu ändern ist, und gar nicht so nicht unspannend, wie sie das rüberbringt.
Während ich meiner Tochter dieses oder ähnlich Gedankenloses unterstelle, male ich mir aus, dass die Oma ihr vorkommen muss, wie jemand aus ihren Netflix-Serien, zu denen sie mittlerweile eine intensivere Beziehung zu pflegen scheint als zu ihren Eltern. Dabei fällt mir ein, was ich vor Kurzem gelesen habe, darüber, wie gut sich die Alten von heute mit ihren Enkeln verstehen würden. Kein Vergleich zu der Plackerei und dem Ärger, den sie mit ihren Nachkriegskindern hatten. Viel zu widerspenstig und undankbar, diese Nachkommenschaft aus den Aufbaujahren.
Da haben Opa und Oma es mit ihren groß gewordenen Enkeln längst bequemer. Wenn sie noch mit einem Sponsoring für Smartphone, iPad oder einen klitzekleinen Einser *BMW* locken, dürfen sie denen viel erzählen.
Entweder sie stellen die Ohren auf Durchlauf und fummeln am Handy oder finden alles mega geil und oberkrass. Erleichtert wird das Verständnis zwischen Ultraalt und Megajung dadurch, dass sich Menschen wie Mariella alles das, was unsereins für sich und seine Umwelt an historisch Bedeutsamen mit durchs Leben schleppt (und da hat sich mit den Jahren einiges angesammelt), in frappierender Einfachheit handhabbar machen.
Als absoluter Ursprung aller Geschichte steht da ein leicht zu merkendes Datum, der eigene Geburtstag. Was davor die Welt bewegt oder erschüttert hat, verschmilzt zu einem einzig dunklen Jura, der Zeit davor.

Diese Jugend muss sich keine Eselsbrücken mehr bauen, um vermeintlich wichtige Daten zu behalten. »Das war vor meiner Zeit«, ist einer der geläufigsten Sätze, der einem von Leuten unter dreißig entgegengehalten wird, wenn man sie nach etwas fragt, das auch nur den Hauch einer Dekade vor ihrer Geburt die Welt bewegt hat.
Wahrscheinlich die coolste Begründung dafür, warum man von ihnen keine Antworten auf Fragen nach einer ihrer Existenz vorgelagerten Vergangenheit verlangen kann. Daraus spricht keine Ignoranz, sondern ein vom Ballast der Vergangenheit befreites Denken.
Künftig wird es Lehrern immer schwerer fallen, Schülern deshalb ein schlechtes Gewissen einzureden. Die Tage, da sich junge Leute von der Schule sagen ließen, was man sich über vergangene Zeiten zu merken hat, sind mit der Flatrate endgültig den Orkus hinunter. Versinkt auf Nimmerwiedersehen im Zeitenmeer, in das zurückzuschauen sich nicht lohnt. Dorthinaus lässt man sich als junger Mensch allenfalls zu virtuellen Ausflügen locken, wenn Kurzweil garantiert ist.
Mariella genießt Historisches am liebsten im Kinosessel vor der Großbildleinwand, bei Popcorn und Softdrink. Da bekommt sie sogar richtig Bock auf Stories von früher. Ob nun im New York des achtzehnten Jahrhunderts, auf dem BOOT, in Pearl Harbour oder irgendwo in Berlin beim Mauerfall. Stets kehrt sie mit zwei Eindrücken zurück, für die Geschichte wohl heute stehen soll: hammerharte Action und ultraromantische Liebe. Mein Bild von den Dingen, die einmal waren, registriert sie mit wiederkehrender Verwunderung, hat aber kein Problem damit. Ein bisschen schade findet sie mitunter, dass es heute viel langweiliger sei als damals, aber dafür auch angenehmer. Und das sei schließlich auch viel wert oder?

Manchmal erwische mich dabei, sie um ihre Sicht der Dinge zu beneiden. Wie einfach könnte alles sein, wenn man zurückschauen könnte wie Mariella. Die Geschichten meiner Mutter sind für sie, wenn mich nicht alles täuscht, superinteressant.
Voll krass, findet sie die Szene, die Mutter gerade wortreich kolportiert: wie ihr Vater, Mariellas Uropa Georg, seinem Sohn mehrere Ohrfeigen verabreicht hat, weil der hinter dem Rücken der Familie bei einer von Mitschülern organisierten Widerstandsgruppe mitgemacht hatte und mit Flugblättern erwischt worden war.
Nur aufgrund der vielfältigen Beziehung, die unser Opa als Oberst der Marine »nach oben« unterhielt, hatte man seine Version vom Dummenjungenstreich gelten lassen.
Obwohl ich die Geschichte schon mehrmals gehört habe, bemerke ich erst jetzt, wie Mutters Darstellung der Situation die Brisanz nimmt. Der kleine Opa Georg musste, wenn man Mutters Erinnerung glaubt, buchstäblich vor seinem aufgeschossenen Filius in die Höhe springen, um richtig zu treffen. Indem sie diesen Umstand und das Urkomische daran über die Maße betont, verschwindet die Gefahr, in der die Familie damals stand. Und weil sie das so gut versteht, den Ereignissen ihren Schrecken zu nehmen, hört man ihr gerne zu und lacht mit.

Während Mutter, ohne den Faden zu verlieren, weiter springt, in die Zeit, als die Männer wieder zurück waren aus der Gefangenschaft, beginne ich mich zu fragen, wann ich das alles zum ersten Mal gehört habe und wie das auf mich gewirkt haben muss.
Ich höre noch, dass Mutter von Opa Alfred, dem Vater meines Vaters erzählt. Wie der zusammen mit seinem Bruder Hans, meinem Vater, damals

gerade mal Anfang zwanzig, und Onkel Adolf diesen Kartoffelschnaps gebrannt hat, schwarz natürlich und unter primitivsten Bedingungen in Oma Lisas Waschküche. Was für dankbare Abnehmer die Amis waren, die das Zeug glatt für Whiskey gehalten haben, nachdem Opa Alfred den Bogen raushatte, wie man den klaren Brand am besten einfärbt.
Mensch, waren das Zeiten ..., wo wir doch noch so jung waren und eigentlich nur Krieg kannten. Da hat man sich schon über so was gefreut. Wir hatten nichts, oder fast nichts. Aber dass jemand geklagt hätte, so wie heute, daran kann ich mich nicht erinnern. Jeder hat rangeklotzt. Da konnte man gar nicht auf schlechte Gedanken kommen. Es konnte ja nur besser werden. Eigentlich eine schöne Zeit, wenn man so zurückdenkt. Das kommt nicht wieder...
Auch das höre ich, und meine gleichzeitig von Mariellas Lippen zu lesen, was nicht schwer ist.
Echt genial, seufzt sie mit Blick auf Mutter.

Zurück in die Zukunft

Pass auf! Wir müssen hier ab ...
Jaja, schon in Ordnung ... Instinktiv tippt Thomas den Blinker an, um in die richtige Spur einzufädeln. Dabei versucht er möglichst unbeteiligt zu wirken, als habe er alles im Griff.
... So, das hätten wir.
Aber dafür war die Aktion etwas zu hektisch, und Sabine merkt das.
Beinahe hättest du die Abfahrt verpasst. Wo du wieder mit deinen Gedanken bist ...?
Wenn sie das wirklich wissen wollte, könnte er es ihr genau sagen. Er hat nämlich mit seinen Gedanken in Jochens jägergrünem *Polo* gesessen, wie damals, an einem dieser Sonntagabende, wenn sie wieder los sind nach Göttingen, der Freiheit entgegen, nach so einem Pflichtwochenende, die ab und zu absolviert werden mussten, um den Familienfrieden nicht zu gefährden. Trotzdem war seine Mutter nie zufrieden. Bevor sie endlich starten konnten, musste er sich wieder Vorbehalte anhören, die sich gegen Jochens Fahrtauglichkeit richteten. Lieber wäre ihr gewesen, er hätte die Bahn genommen. Aber das Spararqument zählte in ihren Augen immer mehr als die Gefahr, in die er sich vorgeblich mit Jochen begab. Der Spritzuschuss betrug zehn bis fünfzehn Mark, hing davon ab, ob sie zu zweit fuhren oder noch jemand dabei war. Die *Deutsche Bundesbahn* verlangte damals schon das Dreifache, trotz Studentenausweis. Mit dem Gesparten konnte man in der Szene locker zwei Nächte durchmachen. Außerdem, und das musste selbst Mutter einsehen, ließ sich in Jochens *VW* ungleich mehr transportieren:

mehr frische Wäsche, mehr Bücher, mehr Kassetten und LPs und vor allem mehr Naturalien. Die waren für einen studentischen Hausstand von unschätzbarem Wert. Wer wollte schon vom knappen BaföG-Budget allzu viel für Verköstigung und das andere zum Leben Notwendige ausgeben?
Also, her mit den Dosen, der Dauerwurst, dem eingeschweißten Edamer, der Seife, dem Haarwaschmittel, dem Klopapier. Rein in den Stauraum hinter der Rückbank, der zwar schon mit Jochens Sachen vollgestopft war, aber am Ende doch alles schluckte, und ab die Post. Puh, endlich weg von den Alten!
Bis zum Bremer Kreuz hatte sich ihr Mitteilungsdrang über das Wochenende Zuhause meist abgekühlt. Ab hier wurde es ruhiger, konzentrierte sich die Aufmerksamkeit auf das, was Radio *AFN* zu bieten hatte. Ein bisschen zu soulig für Thomas´ Geschmack, aber immerhin nicht so ein Pop-Scheiß wie auf *NDR* oder *Radio Bremen*. Allerdings war´s mit Soul, Blues und Rock hinter Bremen vorbei. Die ersten Ächzer und Kratzer aus dem Lautsprecher über dem gut gefüllten Aschenbecher kündigten an, dass sie sich aus dem Frequenzbereich bewegten. Noch ein paar Mal würde Jochen am Knopf drehen und den Empfang retten können, bis alles in einem langgezogenen Rauschen versackt war.
Nach einer Weile des entspannten Schweigens glühte mit der nächsten Zigarette die Vorfreude auf das Ende der Heimfahrt auf. Die Uni, die Kneipen, die WG, die neuen Freunde, die mit der schwarzen Lockenmähne aus dem Pro-Seminar, das ganze Leben, das dort warten würde.
Geradeaus, immer der blassgrauen Trasse nach, die im fahlen Lichtkegel vorauszueilen schien, führte die Betonbahn in eine Zukunft, auf die es sich zu freuen lohnte.Die ins dunkle Abseits rechts abzweigende Spur hatte er damals kaum wahrgenommen.

Wer dachte zu der Zeit schon an Osnabrück?
Das alles und die Frage, ob die klotzig aufragenden Wohnsilos, den der Durchgangsverkehr seit Jahrzehnten als letzten Eindruck von der Hansestadt mitnimmt, damals schon die Silhouette verschandelt haben, hatte Thomas gerade brennend beschäftigt, könnte er Sabine sagen, wenn sie tatsächlich daran interessiert wäre, was ihr Mann sich so zusammendenkt, während er sie bei diesem Scheißverkehr und bei dieser Dunkelheit nach Hause chauffiert. Aber die ist ganz woanders, achtet mehr darauf, wie er es wohl schaffen will, sich in die dreispurig dahinrasende Scheinwerferkette auf der A1 hineinzumogeln. Wenn er sich jetzt nicht zu blöd anstellt und den Wagen nicht zum Ruckeln bringt, kann Thomas sich getrost wieder der Frage nach dem Baujahr der Mietsbunker zuwenden und mal zurückrechnen. Wie war das doch gleich neunzehnhundert ...?
Mit ´nem Navi wär´ das nicht passiert.
Das kam nicht von der Seite, sondern von hinten. Sven!
Wieso? Ist doch gar nichts passiert. Möglichst desinteressiert tun, denkt Thomas.
Aber beinahe.
Merkt der Kerl nicht, dass ... Sind wir nun auf der A1 oder was?
Oh, das war eindeutig zu aggressiv. Er muss aufp ...
Nun lass doch, schaltet sich Sabine zu, Sven wollte nur sagen, dass mit einem Navi alles einfacher wäre, mehr nicht.
Ausgerechnet! Jetzt fällt ihm die eigene Frau in den Rücken, obwohl sie vor gar nicht langer Zeit genau darüber gesprochen haben, über den Nutzen von Navigationssystemen und darüber, dass sie die Bequemlichkeit bedienen und der allgemein Orientierungslosigkeit Vorschub leisten.

Bald werden die Leute es ohne Fernsteuerung kaum zu *Aldi* schaffen. Elektronisch vernetzt bis ins All, aber von der Welt um sie herum keinen Schimmer.
Darüber waren sie sich doch einig, dass sie eine solche Zukunft nicht wollen, verkneift Thomas sich zu sagen, und hört stattdessen, was seine Tochter Mariella ihm zum Thema in den Nacken flötet.
Dass man sich so ein Teil gar nicht einbauen lassen muss, sondern es ohne Problem auch mit dem Handy flutscht, selbst mit einem stinknormalen wie seins, und dass Sven ihm helfen würde, falls er das nicht geregelt kriegt.
Nicht, Sven, das ist für dich doch kein großes Ding?
Kein Thema.
Kein Thema, kein Ding ..., lästert Thomas still gegen die von Schmutzschleiern besprenkelten Frontscheibe, wenn´s kein Thema ist, dann braucht man ja nicht drüber reden ...
Natürlich ist das für »Mister Klick« kein Ding. Der hat sein soziales Jahr auch abgespult, als wär´s ´n Computerspiel, und für seine Tochter ist die Welt sowieso eine einzige Playstation ... Er will aber nicht, dass ihn so ein ewig gleichgestimmter Besserwisser aus dem Off durch die Welt dirigiert, er ... will doch nur, dass
DIESES ARSCHLOCH DA HINTEN SEINE GRIFFEL ENDLICH VON DER LICHTHUPE LÄSST!
Papa, entstress dich!
Ach ja, ist doch wahr ... So, jetzt rausch schon vorbei, du WICH ...
Thomaaas, warnt Sabine.
... Und hat ja Recht, muss er eingestehen. Wozu aufregen? War doch ein schöner Tag, alles in allem. Außerdem, was soll Sven denken? Immerhin ist er für ihn der Vater seiner... seiner Braut. Klingt witzig. Hieß so nicht ein Film, der mal ...?

Wenn du dich über andere Sachen auch derart aufregen könntest wie über blöde Autofahrer, nörgelt Sabine vom Beifahrersitz.
Was für andere Sachen, fragt Thomas, wie aus der Pistole geschossen, weil er die ganze Zeit so eine Ahnung hatte, dass da noch was kommt von Sabine, wegen vorhin. Und richtig!
Dass du das überhaupt fragst, sagt wieder mal alles.
Bevor ich er sich weiter ahnungslos stellen muss, wird Sabine von Mariella ausgebremst.
Was sagt wieder mal alles? Könntet ihr uns bitte mal auf unsere billigen Plätze rüberchatten, was Sache ist.
Das zu erklären, führt ein bisschen zu weit, findet Sabine.
Der Satz kam mit Verzögerung und klingt ein wenig zusammengekramt, merkt Thomas und setzt nach:
Wieso, Mariella ist schließlich eine Frau, wenn auch eine sehr junge. Und da geht es sie schon etwas an, oder liege ich da falsch?
Komm, du weißt ganz genau, um was ...
Aber unsere Tochter nicht ...
Häh? Also, ich raff noch immer nicht, worum es eigentlich geht. Sven, du vielleicht?
Hm, nö, nicht richtig.
Da hörst du´s. Wenn du mich fragst, besteht unbedingter Erklärungsbedarf.
Wenn du meinst, lenkt Sabine ein, aber nicht ...
Mami! Scheibe, ist das ätzend, mault Mariella, nun sag´ schon an, was Sache ist und mach´s nicht so megaspannend.
Frag Papa, der weiß anscheinend besser darüber Bescheid, was ich meine, als ich selber. Darin ist er ja Experte.
Die kleine Spitze lässt ahnen, wie sehr sich Sabine

darüber ärgert, was sie mit ihrer Bemerkung losgetreten hat. Eins zu null für Thomas!
Soll ich?
Ich kann dich nicht daran hindern.
Also, ...
Aber bitte sachlich!
Ich wird´ mich bemühen, bekundet Thomas, wohlwissend, dass er gerade schwindelt. Aaalso, deine Mutter meint die Sache mit dem Glas für Tante Guste.
Was? ...
Ein kurzer Blinzer in den Rückspiegel und Thomas weiß nicht, womit er zufriedener sein soll: mit Mariellas Unschuldsmund oder Svens Lauschermiene, die eher auf etwas zu hören scheint, was ihm der Stöpsel in seinem linken Ohr zuträgt.
... Und da macht ihr so einen Act, um ein popeliges Glas, das auf´m Tisch gefehlt hat? Ich fass es nicht ...
Es geht nicht um das Glas, versucht Sabine ihren Standpunkt zu retten, sondern darum, wie es gesagt wird. Das weiß dein Papa genau!
Wie was gesagt wird, möchte Mariella wissen.
Na, das mit den jungen Frauen, die sich den ganzen Tag noch nicht richtig bewegt hätten, oder so ähnlich jedenfalls. Und? An wen war das wohl gerichtet? - Na? Dreimal dürft ihr raten.
Hab´ ich gar nicht mitgekriegt, wundert sich Mariella, du etwa, Sven? ... Sven!
Ja, äh, was, nö, ich weiß nicht.
Hahaha, klar, alles Paletti, daddel weiter! Dabei hast du doch der Tante das Glas geholt, wenn ich nicht im ganz falschen Film war?
Was hab´ ...? Ja, stimmt, glaub ich. War doch okay, oder?
OHH, du bist süüüß Knuffel, freut sich Mariella über Svens schusselige Erinnerung.
Thomas lacht heimlich mit.

Nur Sabine kann nicht zufrieden sein.
Natürlich war das lieb von Sven, dass er so schnell aufgesprungen ist, aber das ist nicht der Punkt.
Sondern, bohrt Thomas schadenfroh nach.
Tu nicht so.

Vielleicht wegen seiner stoischen Widerworte, vielleicht auch wegen der verpeilten Unbedarftheit, die sich auf der Rückbank lümmelt, zieht Sabine einen Zitronenmund auf und schaut demonstrativ zum Seitenfenster hinaus.
Damit kehrt wieder Ruhe ein, bis auf das rhythmische Zirpen, das Mariella und Sven aus den Ohrstöpseln quillt.
Tja, liebe Sabine, monologisiert Thomas still ins Frontscheibenpanorama und drückt dabei das Gaspedal weiter durch, damit der Penner vor seinem *Passat* endlich Platz macht, so bitter kann das sein, wenn sich die Zeiten ändern. Emanzipation ist nun wirklich kein Thema mehr, schon gar nicht für eine wie Mariella. Das, was dich immer noch auf die Palme bringt, zündet bei ihr nicht. Im Gegenteil, sie lacht drüber. Und? Sollte dich das tatsächlich wundern? Oder solltest du, sollten wir uns nicht lieber selbst dafür auslachen, dass solche Lappalien, wie die Sache mit dem Glas und die Bemerkungen meiner Mutter, uns früher ganze Abend gekostet haben? Wie oft haben wir den Frust, der regelmäßig dabei herausgekommen ist – herauskommen musste! - mit ins Bett genommen und uns die Rücken zugekehrt? Und wozu? Was hat´s gebracht, das Palaver ums Grundsätzliche? Unsere Ehe im Lichte der ewigen Unterdrückung der Frau durch den Mann. Wie oft habe ich die ganze Schuld auf mich genommen, damit endlich Ruhe war. Aber das war´s natürlich nicht. Das hat dir ja nur gezeigt, wie sehr ich dich nicht ernst nehme, Frauen an sich nicht ernst nehme! ...

Vielleicht sollen Sabine und er einfach nur zufrieden sein, dass nicht mehr kaputt gegangen ist, findet Thomas, jetzt ganz mit sich selbst im Reinen.
Er sieht die Welt trotz der Kratzspuren, die der ganze feministische Wahn hinterlassen hat, immer noch als Mann, und hat Sabine nicht selbst einmal gesagt, dass sie froh sei, nicht zu einer Brikettemanze mutiert zu sein, bei deren Anblick die Milch sauer wird. Und Gisela, mit der sie sich - aber das ist auch schon wieder einige Jährchen her - so wunderbar verstanden hat, wenn es darum ging, sich gegen seine Mutter zu verbinden, um sie zu bekehren. Mission impossible. Das haben Rüdiger und er immer gesagt ... Übrigens, Rüdigers Rede – Respekt. Wie der es wieder geschafft hat, die schwarzen Löcher zu umkurven und alle Ecken und Kanten mit seinem jovialen Humor glatt zu bügeln. Perfekt.
Ein bisschen davon hätte Thomas den beiden früher auch gewünscht. Aber sie wussten es ja besser. Mussten sich die Zähne ausbeißen und ihre Männer büßen lassen ... Und? Was ist draus geworden?
Gisela hat die lila Fahne eingerollt, seitdem sie mit Hilfe hoch gehandelter Männer und dem Quotenfaktor ihre Berufung zum Beruf gemacht hat. Fitness Oriental für Frauen, sanfte Gymnastik für Frauen, Internet für Frauen, Selbstbewusstseinstraining für Frauen ... Sonst hat die keine Sorgen. Für Frauen, denen es wirklich schlecht geht, fühlt sie sich, schon von Amts wegen, nicht zuständig. Dafür gibt´s ja ´ne Gleichstellungsbeauftragte. Alles hat schließlich seine Ordnung, immer schön hinten anstellen. Da hat sich so viel nicht geändert. Auch nicht durch Gisela. Und was seine Mutter betrifft, die wird sich bis zuletzt gegen alles stemmen, was ihr Weltbild durcheinanderbringt,

und das schließt nun mal das Thema Gleichberechtigung ein. Für sie sind Männer die Macher, und wer daraus nichts macht, ein Schlappschwanz.
Wie antiquiert das auch rüberkommen mag, wahrscheinlich steht ihre »voll fitte Oma« seiner Tochter damit näher als ihm und Sabine mit ihrer abgrundtiefen Toleranz. Solche Gedanken findet wiederum Sabine abgründig.
Dabei sollte sie mal richtig hingehören, wenn Mariella mit ihren Freundinnen über Jungs spricht.? Weicheier oder Loser haben bei denen keine Chance. Typen müssen´s bringen, und zwar vor allem kohlemäßig.
Wenn sie dann noch süß aussehen und so tun, als hätten sie alles voll im Griff. Cool! Solche Burschen dürfen sich einiges herausnehmen, als Mann. Falls sie sich aber als Nieten erweisen, kriegen sie ´nen Arschtritt per Whatsapp. »Und tschüs!« So läuft das heute, ganz einfach und ohne viel Palaver. Manchmal weiß Thomas auch nicht, was er davon halten soll, wie die jungen Leute miteinander umspringen. Aber haben ihre Eltern es besser gemacht? Alles durch den psychologischen Fleischwolf drehen, bis man mental nackt dasteht? Wie viel Gefühl ist dabei drauf gegangen? ... Was haben wir sie sich alles zugemutet? Bis zur Selbstverleugnung. Nicht einmal den *Stern* durfte man sich kaufen, ohne ein schlechtes Gewissen zu haben, wegen der angeblich sooo sexistischen Cover.
Mann, Mann ..., damals war Thomas drauf und dran, sich ´nen *Playboy* zu besorgen und heimlich drauf zu wichsen, einfach nur aus Protest. Das müsste er heute mal Mariellas Clique erzählen, wo sich bei denen nur alles drum dreht, wie sie auf so ein Cover kommen, egal in welcher Pose! Die würden ihm ´n Vogel zeigen, und das zu Recht. Guck sich nur einer die an, von der Mariella den Casting-Fimmel hat. Melanie. Okay, die ist älter, und war

immer schon ein bisschen, na ja. Aber trotzdem will Thomas an diesem Gedankenspiel festhalten, nur als Beispiel. Studiert, natürlich in Düsseldorf, wenn er das richtig hat, Kommunikationsdesign. Was immer das sein mag? Und steht drei Nächte die Woche im »Ugly-Style« hinter ´ner Theke. Was das ist, kann er sich ungefähr denken. Fertigt die Männer da in der Altstadt gleich schubweise ab. Gegen gutes Geld, versteht sich. Und wofür? Damit sie das ganze Casting- und Model-Ding finanzieren kann. Die Eltern buttern noch kräftig zu, sagt Mariella. Dabei weiß keiner, ob die jemals groß rauskommt. Aber seine Tochter findet´s saucool. Ganz nebenbei fährt diese Melanie einen Schlitten, gegen den Thomas´ *Passat* ´ne arme Schaukel ist. Würd´ ihn nicht wunder, wenn der ganz Aufwand nur dazu dient, sich da in Düsseldorf ´nen stinkreichen Macker abzugreifen. So einem bringt die dann auch Bier und Red Bull ans Sofa. Da hat die garantiert nichts bei, genauso wenig wie Mariella. Macht kein Geheimnis draus, wie knuffelig sie das findet, mit ihrem Sven vor der Glotze abzuhängen und Formel eins zu gucken, wenn´s sein muss stundenlang. Selbst Sabine weiß so gut wie er, dass ihre Tochter keinen Nanogedanken darauf verschwenden würde, ihrem Sven den Sonntag zu verderben, und ihm vorhalten, was er sich da für eine Chauvikacke reinzieht? Dazu hat sie selbst schnelle Autos viel zu gern. Wahrscheinlicher ist, dass sie sich beim Zugucken vorstellt, wie Sven sie in seinem ersten *Lambo* abholt. So was finden Frauen heute megaromantisch.

Stell dir vor, ich wär´ bei dir mit so ´nem *Porsche* vorgeprescht, möchte er Sabine jetzt am liebsten fragen, während links einer in Silbermetallic vorbeizieht, verkneife sich das jedoch und überlegt, wie sie wohl reagiert hätte.

Er ist sicher, sie wäre schließlich doch eingestiegen ... Oh Gott, was steht da hinten drauf? Das gibt´s doch nicht, tatsächlich: *www.kackstuhl-racing.de*. Das glaubt man nicht. Ob Sabine das auch ...? Wie denn, wenn sie nur stur zur Seite rausschaut? Aber er sagt nix, nachher ist er wieder das Schwein.
Lieber schaut er, was Mariella und Sven ...? Och nee, wie lieb, die beiden da hinten mit ihren Stöpseln im Ohr. Schulter an Schulter und total zufrieden. Mariella scheint richtig zu schlafen. Wenn Sabine das sehen könnte, aber die kriegt anscheinend nichts mehr mit. Sabine? ... Schläft auch. Mal wieder typisch, die ganze Familie pennt, und Papa macht ... Stimmt nicht ganz. Sven ist noch wach. Hellwach, wie es scheint. Nee, das ist weiß Gott kein Penner, ist Thomas sicher. Der ist auf Draht. Ja, seine Tochter, die weiß, wer was bringt und wer nicht. Und Sven bringt´s, ist ein ganz Aufgeweckter. Das hat Sabine auch erkannt.
Dabei wäre in diesem Fall ein bisschen Skepsis immer gut, bei dem, was da heute alles an komischen Typen rumläuft. Schließlich geht es hier um seine Tochter!
Nicht anecken, keine Flausen, mit denen Thomas sich früher selbst im Weg gestanden ist. Das zeichnet einen fixen Kerl heute aus. Da hat Sabine Recht. Wirtschaftsinformatik. DIE Kombination für die Zukunft. Betonsicher. Sozusagen ´ne Lizenz zum Euro-Runterladen, oder Bitcoins, ist doch egal. Hoffentlich weiß Mariella das zu schätzen ...
Irgendein Reflex lenkt seinen Blick wieder in den Rückspiegel, um sich zu überzeugen, dass hinter ihm alles im Lot ist zwischen den beiden. Völlig irrational, eigentlich. Aber was soll´s. Ein Lunzer genügt, um letzte Zweifel zu beschwichtigen. Sind noch näher zusammengerutscht und dösen friedlich zum Gedudel aus ihren Stöpseln.

Ohne Svens Hilfe würde aus Mariellas iPhone nicht viel rauskommen. Das mit dem Downloaden kriegt sie kaum gebacken. Hat sie von ihrem Vater, meint Sabine, dem geborenen IT-Stoffel .... Und wenn schon. MANN kann eben nicht alles. Jetzt haben wir ja Sven. Und wer hat den rangeschleppt? Unsere Tochter! ... Gar nicht so dumm, was er letztens von sich gegeben hat, über ´ne Website mit Trainingsmodulen zum Runterladen aufs Tablet oder Handy. Vielleicht nicht so weit hergeholt, auch wenn man´s sich schlecht vorstellen kann. Aber da liegt die Zukunft, ganz klar ...
Guck, da fährt schon einer: *www.plural.de*. Das geht doch sicher in die Richtung. - Auf der Überholspur ins Internet. Also, hinterher, bevor andere schneller sind. Nachhilfe zum Runterladen. Warum nicht? Domain sichern, patentieren, lizenzieren, abkassieren! Schon ist man den ganzen Stress, den man mit seiner Klitsche hat, auf einen Schlag los. Unzuverlässige Lehrkräfte, die Suche nach geeigneten Leuten, ewig begriffsstutzige Schüler, zu den man auch noch nett sein muss, meckernde Väter und zeternde Mütter. Alles vorbei. Thomas mimt den Chef und lässt Sven die Sache programmieren. Über das Nachhilfegeschäft an sich muss man sich keine Sorgen machen, solange es Pisa-Studien gibt und solche Lehrer, die sich bei Pilawa und Jauch blamieren. Wenn das keine rosige Zukunft ist, dann weiß Thomas nicht, was man sich noch wünschen soll.

Die Geschichte vom Blitz

Das Radio ist zu laut und stresst seine Resilienz schon seit Beginn der Fahrt. Sebastian weiß, dass er da durch muss. Ein Blick auf die Uhr im Display, ein Abgleich mit der Strecke, die noch zu fahren ist. Fünf Minuten, wenn alles glatt läuft. Er wird durchhalten. Ein Blick auf den neben ihm herumhantierenden Beifahrer, um sich mental zu vergewissern. Das muss einfach drin sein, das ist er ihm schuldig – seinem Sohn Maurice. Der hat alles unter Kontrolle, den Sender, die Lautstärke, den Recorder und das Mikrofon fest in Händen. Natürlich im Aufnahmemodus gedrückt. Und natürlich läuft EINS LIVE und natürlich ist Sebastians Handy ausgeschaltet, damit es keine Funksignale stört, ebenso natürlich fahren sie über die Nebenstrecke zu ihrem Ziel, das natürlich dasselbe ist wie jedes Mal. Wie immer eben, wobei immer so viel bedeutet wie summa summarum gute fünfzehn Jahre. Natürlich hat es Versuche gegeben, den Kreislauf zu durchbrechen. Allesamt gescheitert, teilweise unter Umständen, an die Sebastian nicht erinnert werden möchte. Der letzte liegt gefühlt Jahre zurück. Seitdem hat er sich endgültig der Einsicht gefügt, dass es nicht geht. Der Einzige, der das ändern kann, ist Maurice. Nur wenn es von ihm kommt, ist es richtig und darf sich ins vertraute Muster einfügen. So wie beim Sender. Der wurde tatsächlich gewechselt, vor einem halben Jahr musste das gewesen sein. Von NDR1 zu EINS LIVE. Zuerst glaubte Sebastian an ein Missverständnis, bis er endlich begriff, dass Maurice mit dem hochgestellten Finger einen anderen, nämlich den EINS LIVE-Sender meinte und nicht wie sonst NDR1.

Überraschung! Die sich daraus ergab, dass in der Werkstatt, in der Maurice Lattenroste für einen Möbeldiscounter zusammensetzt, seit geraumer Zeit EINS LIVE läuft.
Nichts passiert einfach so, nicht mit Maurice. NDR1 hatte nicht zufälligerweise all die Jahre ihre Fahrten akustisch begleitet.
Den hatte der Opa regelmäßig nach dem Mittagessen gehört und weil sich diese Gewohnheit bei Maurice eingeprägt hatte, wurde sie für die Fahrten mit Papa übernommen.
Logisch. Autisten mögen Gewohnheiten, so wie sie Wiederholungen lieben. Deshalb konnten nur die Teletubbies zu Maurice Lieblingsendung seiner Kindheit werden: Nochmal, nochmal! Für Maurice keine komische Losung, sondern ein Lebensmittel.
Heute ist kein Tag für Veränderungen. Ob es einer ist, der glatt läuft, lässt sich noch nicht sagen.
Kommt drauf an, wie sich die Sache im Restaurant darstellt. Dass DER Tisch nicht besetzt ist, dass nicht zu viele Gäste da sind, aber unter ihnen Kinder und dass kein falsches Wort fällt, das Maurice nicht passt. Wie oft mussten ihre Gaststättenbesuche vorzeitig abgebrochen werden, weil etwas nicht stimmte, mit dem Essen, dem Getränk, einer Reaktion am Nebentisch, ein Bruch in der Stimmung, die Maurice wahrnimmt wie ein Seismograf.
Im *Zorbas* ist es nie so weit gekommen. Warum das so ist, könnte Sebastian nicht sagen und deshalb schiebt er es auf eine gewisse Magie des Ortes. Vielleicht, weil ihr Erscheinen hier in keiner Hinsicht als seltsam oder anstößig aufgefasst wurde. Sich niemand an der Auswahl ihrer Speisen störte, als Sebastian zum ersten Mal zwei Suppen – eine mit Zwiebeln für Maurice und eine mit Bohnen für sich selbst - jedoch nur ein Hauptgericht bestellt hatte, dafür aber einen Extrateller mit nicht

gegarten Zwiebeln, schön in Ringen aufgeschnitten, wie Maurice es schätzt.
Alles verstanden, aber die zwei Gratis-Ouzo zu den Getränken (ein alkoholfreies Pils und eine kleine Cola) nehmen Sie?
Ja, die schon, hatte Sebastian prompt erwidert, um das Maß an Sonderwünschen begrenzt zu halten. Danach wusste er allerdings nicht so recht, was er mit dem zweiten Hochprozenter machen sollte.
Die Auflösung der Situation hatte ihn wieder einmal gelehrt, dass man die Rechnung nie ohne Maurice machen sollte.
Der Ouzo vorweg wird ein gewichtiger Grund für ihn gewesen sein, das *Zorbas* von dem Tag an als ihr künftiges Fahrziel auf seiner Festplatte einzuloggen. Damals war er gerade fünfzehn geworden.
Dass es für mehr als eine Dekade gelten sollte, konnte niemand ahnen. Zu der Zeit hatte Sebastian bereits aufgegeben, irgendeine Perspektive im Voraus zu denken, die Maurice betraf. Zukunft war keine Dimension mehr, auf die man hätte setzen können.
Gewicht bei Geburt 890 Gramm, postnatale Hirnblutungen, Cerebral Parese, Spastik, nichtsprechend und nach zwei Jahren stellt sich heraus, dass man einen Autisten als Sohn hat. Wie soll einer da wissen, wie es weitergeht?

Gleich sind sie da, mit einem gekonnten Schlenker auf den Parkstreifen und schon fällt der Lärm abrupt in sich zusammen. Sebastian verschwendet keinen Gedanken daran, wie lange er das noch ausgehalten hätte. Jetzt ist es ja überstanden – erst mal.
Ein Blick voraus auf das, was sie erwarten könnte, die Tür steht offen wie eine Einladung. Ein gutes Zeichen?

Die Atmosphäre vertraut und ruhig, der Tisch – IHR Tisch ist frei. Fängt solide an. Kinder sind auch da, nicht zu dicht in ihrer Nähe, aber vernehmbar. Das ist das Wichtigste, schließlich soll, was sie von sich geben, aufgenommen werden, ohne dass sie das merken, versteht sich. Zu nah sollten die Kleinen nicht bei ihnen sitzen. Zum einen ist Maurice dann zu abgelenkt und vergisst darüber das Essen, was den weiteren Verlauf des Aufenthalts und damit manchmal des ganzen Nachmittags ungünstig belastet. Auf der anderen Seite fängt der aufgeweckte Nachwuchs unter dem Eindruck von Maurices intensiven und mitunter kryptisch anmutenden Blickkontakten oft an, seinen Eltern Fragen zu stellen, die sie schwerlich beantworten können. Dann geht das Getuschel los, wird das Exklusive greifbar.

Die Zeremonie kann beginnen: Der Fisher-Price-Kinderkassettenrekorder wird aufnahmebereit platziert, drum herum selbst bespielte Kassetten aufgestellt.
Das dauert immer ein wenig, da ihre schmalen Kanten arg ramponiert und damit wackelig sind. Dazu der kleine Teddybär, der mal als Schlüsselanhänger gedient hatte, ein einzelnes Mikrofon, von einem Vorgängermodell abgedreht.
Eine solitäre Taste, gelb. Auch ein Überbleibsel eines Fisher-Price-Recorders. Ein Zettel mit Rufnamen, von der Oma akkurat notiert, mit den für sie typischen orthografischen Eigenheiten.
Maurice heißt, wenn es nach ihm geht, schon lange nicht mehr Maurice, sondern er gibt sich laufend neue Namen, die allesamt auf einem Zettel notiert werden müssen. Mittlerweile hat das eine Dimension angenommen, die von der Oma handschriftlich verwaltet wird. Da die Zettel in regelmäßigen Abständen verschwinden – Maurice lässt sie verschwinden – ist das schon eine Aufgabe.

Heute heißt er Michelle, gestern war er noch Louis. Und wehe, man verwechselt das oder nennt ihn bei seinem richtigen Namen! Dann könnte der Besuch hier heute erledigt sein. Sebastian weiß das, und für den Fall, dass ihm der brandaktuelle Alias nicht so schnell einfallen will, wie Maurice erwartet, hat er vor Jahren die rettende Idee gefunden, einfach »der Junge« zu sagen. Das wird toleriert.
Gerade nestelt Maurice noch einen Schlüssel aus seiner ALDI-Tüte, ein Relikt aus den Zeiten seines letzten massiven Tics: die Schlüssel – und Schloss-Manie. Zwei Kleiderschränke und eine Kommode im Wohnzimmer sind dabei draufgegangen. Mehrmals mussten Schlüssel an Leute wiedergegeben werden, die nicht drauf aufgepasst hatten, als ihnen Maurice nahekam. Von dem Gesuche nach Autoschlüsseln ganz zu schweigen. Der Wahnsinn endete damit, dass Maurice seine Obsession für Kinderkassettenrekorder entdeckt hatte. Der auf dem Tisch vor ihnen müsste der soundso fünfzigste sein. Alle anderen geschrottet. Langsam wird es eng mit dem Nachschub von den Onlineshops im Netz.

Jetzt steht alles, wie Maurice es will. Die Bedienung kann beginnen. Und zwar damit, dass die Chefin, die im *Zorbas* noch selbst im Service ist, die Getränke gleich mitbringt: ein Alkoholfreies, eine kleine Cola, zwei Ouzo.
Seit über zehn Jahren das gleiche Gedeck. Geschickt weiß sie die Gläser und Flaschen so zu servieren, dass nichts ins Wanken gerät. Das Besteck wird zielsicher gelegt, als würden sich keine sonstigen Dinge auf dem Tisch befinden.
Sie kennt das.

Ob man sich kennt, ist eine Frage, die Sebastian offenlassen würde.

Sie weiß, was zu tun ist, wenn die seltsamen Gefährten im Windfang des Eintritts aufschlagen. Aber was weiß Sebastian über sie?
Dass sie Griechin ist und vom Festland im Norden stammt, dass sie dort in jedem August fünf Wochen Urlaub macht, dass sie einen erheblich älteren Mann geheiratet hatte, der das Lokal aufgebaut hat und vor fünf Jahren an Krebs gestorben ist. Das Auf und Ab des quälenden Verlaufs aufs Ende zu hatte Sebastian bruchstückhaft mitbekommen. Zuerst gab es längere Phasen, in denen der der Chef, ein freundlicher Mitfünfziger mit feinen Manieren, nicht zu sehen war, dann war er wieder im Service, als sie nichts gewesen. Wenn er etwas servierte, fiel Sebastian jedes Mal der fehlende Daumen an der rechten Hand auf, was die Serviertätigkeit nicht im Geringsten zu behindern schien. Eines Tages kam er gar nicht mehr, war es um Nuancen stiller im Speiseraum. Und weil die Frau sich absolut nichts anmerken ließ, hatte Sebastian keine Gelegenheit gefunden zu kondolieren. Über die Zeit waren alle älter geworden. Sie aber nicht unattraktiver. Seit ein paar Monaten, hat Sebastian den Eindruck, wird da wohl ein neuer Mann sein. Eine modern gestylte Frisur, figurbetontes Top und enger Rock, aufgeheiterte Miene. Alles spricht dafür. Sebastian erkennt so etwas.
Mehr weiß er nicht über die Frau, die ihn und seinen Sohn seit fünfzehn Jahren hier bedient.

Da kommt sie mit den Hauptgerichten. Sebastians Auswahl ist mit den Jahren auf zwei rationalisiert worden: Souvlaki oder Bifteki in Tomatensauce,
Heute sind es die Bifteki, weil Sebastian, ermuntert durch positiv deutbare Signale von Maurice, eine leise Hoffnung hegen kann, dass sein Sohn eventuell etwas davon mitisst.

Ansonsten bleibt für ihn, nach der Zwiebelsuppe, der Zwiebelteller.
Guten Appetit!
Im Moment des ersten Genusses reißt Maurice unvermittelt die rechte Hand hoch über seinen Kopf, ein Finger zeigt in die Luft. Das geht so schnell, dass sogar die Bedienung in ihrer Routine gebremst wird. Sie schaut genau wie Sebastian gespannt auf Maurice, der in vernehmbarere Lautierung etwas sehr Wichtiges loswerden will.
Jetzt sind Sebastians Interpretationsfähigkeiten gefragt. Ein Finger, der direkt nach oben zeigt, dafür hat sein Gedächtnis drei Übersetzungsmuster gespeichert: jemand im Himmel, der Opa oder die Oma von Sebastians Seite, ein anderes Radio mit Antenne zum Ausziehen, die Geschichte vom Blitz.
Maurice insistiert energisch. Sebastian muss schnell entscheiden, welche Lösung er wählt. Dabei besteht akut die Gefahr, dass eine falsche Entscheidung Maurice in seiner Enttäuschung womöglich dazu treibt, die Kassette aus dem Apparat zu zerren, um das komplette Band herauszuziehen. Seine Art von Frustbewältigung, die meistens nicht folgenlos bleibt. Nachdem sich nämlich dann der Bandsalat auf dem Tisch ausgebreitet hätte, würde für Maurice das Essen völlig aus dem Fokus fallen.
Der materielle Schaden würde noch das geringste Übel darstellen. Für solche Fälle ist Sebastian seit Jahren perfekt ausgerüstet. Mittels einer Pinzette, einem passenden kleinen Schraubenzieher und Tesafilm ist er mehr als routiniert darin, jedes Kassettenteil wieder hinzukriegen. Eine Tätigkeit, bei der zuzuschauen Maurice stets aufs Neue genießt. Wenn es nach ihm ginge, könnte Sebastian zwanzig solcher Teile nacheinander zusammenflicken Tatsächlich hat Sebastian durchsetzen können, die Anzahl auf zwei pro Tag zu begrenzen.

Ah, du meinst die Geschichte vom Blitz, kommt es ihm so unaufgeregt wie möglich über die Lippen.
Getroffen! Maurice nickt heftig und sein Blick liest sich wie eine dringende Aufforderung, dem sofort nachzukommen.
Das weckt auch bei der Frau rege Aufmerksamkeit.
Ah so, interessant, eine Geschichte von einem Blitz. Was war denn da?
Das hätte sie nicht machen sollen, schießt es Sebastian durchs Gebälk.
Denn nun wird Maurice nicht ruhen, sie zu nötigen, sich dazuzusetzen.
Tut sie das nicht, steht wieder alles in den Sternen.
Sie scheint das zu ahnen, lässt sich nicht lange von seinem Sohn anbohren und setzt sich neben ihn.
Der rückt höflich zurück, um es ihr bequemer zu machen.
So viel Aufmerksamkeit wird ihm nur selten geschenkt. Er weiß das zu schätzen.
Damit ist der weitere Ablauf am Tisch festgelegt. Sebastian ist klar, dass darüber die Bifteki und die Pommes empfindlich an Temperatur verlieren werden. Für Maurice kein Thema, seine Zwiebeln werden eh kalt serviert.

Egal, sämtliche Erwartungen sind auf ihn fixiert, aus der Nummer kommt er nicht mehr raus. Also setzt Sebastian zum hundert plus x-ten Mal an, die Geschichte vom Blitz zu erzählen und wie bei jedem neuen Anfang muss er sich drauf konzentrieren, dass er die Details so ausmalt, wie sein Sohn sie hören will.
Als wolle er das unterstreichen, rückt Maurice das Mikrofon noch etwas näher zu ihm. Dazu legt er einen Finger an den Mund. Das ist zur Demonstration an seine Tischnachbarin gerichtet: Keinen Mucks! Nicht dazwischen labern!
Sebastian hofft, dass sie das kapiert.

Also, das war im Sommer, hm, lass mich nachdenken, 2006, wenn ich das richtig habe …
Sebastian braucht Maurice nicht direkt anschauen, um zu registrieren, dass er beifällig nickt. Er muss jetzt nur flüssig erzählen und so tun, als würde er das alles zum ersten Mal ausbreiten. Dadurch, dass es noch eine zweite Zuhörerin gibt, gelingt das auch.
… Das war ein ganz heißer Sommer und du hast im Rollstuhl gesessen, weil du dir doch das Bein gebrochen hattest, den Oberschenkel.
An dieser Stelle verfällt Maurice regelmäßig in Wehklagen und zeigt auf seinen rechten Oberschenkel. So auch heute, was auf die Gasthörerin augenfällig zu wirken scheint.
Zur Ausschmückung darf nicht unerwähnt bleiben, dass dort zu dieser Zeit noch zwei Schrauben steckten.
Armer Maurice!
Der jammert wie auf Kommando und formt mit den Fingern eine Zwei.
… Ja, und um dich wieder auf die Beine zu bringen, sind wir zweimal in der Woche ins Bewegungsbad gefahren, so auch an diesem Tag. Und als wir losfuhren, hatte es gerade angefangen zu regnen, es war schwül und stickig. Aber nicht im Auto, da lief ja die Klimaanlage.
Wir sind also durch den Kreisel am Ortsausgang und waren ein paar Meter auf der Bundesstraße, als es plötzlich BUMM macht. Mit Blick auf die Frau an Maurices Seite ist Sebastian an diesem Punkt nicht so laut, wie Maurice es gerne hätte. Was sofort bemerkt wird. Aber Protest bleibt aus. In Gesellschaft ist sein Sohn einfach umgänglicher.

Von diesem Eindruck beflügelt lässt es sich noch leichter erzählen.

... Das war ein Knall, so laut, dass es auf der Brust gedrückt hat.
Maurice nickt.
... Plötzlich spielten sämtliche Armaturen verrückt, Zeiger schlugen hin und her, Kontrolllämpchen leuchteten auf und flackerten. Wir schauten uns an und wussten nicht, was los war. Instinktiv bin ich rechts rangefahren auf die Haltespur und habe versucht den Wagen zum Stehen zu bringen. Erst nach ein paar Schlüsseldrehungen hatte sich der Motor endlich ausgestottert.
Jetzt ist er richtig gut im Flow. Da wird es ihm langsam egal, wie die Chefin vom *Zorbas* reagieren könnte oder was sie denkt. Jetzt zählt nur, dass er die Story gut rüberbringt.
... Ja, da haben wir uns angeschaut und gefragt, was das bloß gewesen sein könnte. Ich hatte während des Knalls einen Feuerball über der Kühlerhaube ausgemacht und dich gefragt, ob du das auch so gesehen hättest.
Maurice nickt heftig, um zu bekräftigen, dass er alles genauso erlebt habe.
... Um uns herum war alles ruhig. Auf der Wiese neben der Fahrbahn standen Kühe und schauten blöd wie immer.
Es hatte aufgehört zu regnen und die Sonne schien hell und heiß in die Seitenfenster. Damals, im Sommer 2006, gab es den Gewerbepark dort nicht, nur Feld und Weide. Da ich dachte, es sei etwas im Motorraum explodiert, bin ich ausgestiegen, um unter der Haube nachzuschauen. Aber da war alles in Ordnung. Kein Anzeichen von Kurzschluss oder Brand. So bin ich wieder eingestiegen und hab´ den Wagen angelassen, der allerdings nur rumpelig in Gang kam. Wieder spielten die Armaturen verrückt, zuckten die Lichter hin und her. Dann lief der Motor ruhig. Du wolltest natürlich sofort das Radio anschalten, aber das blieb stumm.

War defekt.
Wie erwartet, kommentiert Maurice diese Stelle mit einem vernehmlichen Seufzer. Ein Radio, das nicht läuft, macht ihn einfach traurig.
Schließlich sind wir weitergefahren, du hattest ja noch deinen Kassettenrecorder, hast damit Lärm gemacht und ich die ganze Zeit bis zur Physiopraxis drüber nachgedacht, was das mit dem Wahnsinnsknall wohl gewesen war.
Aus Maurices Minenspiels liest er, dass er heute den richtigen Ton trifft und auch die Sitznachbarin kann er bei der Stange halten. Sie macht nicht den Eindruck, als würde sie sich lieber wegschleichen.

Der Fortgang des erinnerten Nachmittags ist für den Clou nicht weiter von Bedeutung, deshalb spulen wir die Aufnahme an dieser Stelle ein Stück weiter und klinken uns wieder ein, als es zur Lösung des Rätsels kommt ...
... Zu Hause angekommen fuhr ich auf die Auffahrt, die 2006 noch frei einsehbar war, nicht wie heute von Büschen und Sträuchern eingefasst.
Ich steig also aus und schau mich einfach nur so um. Dabei streift mein Blick wohl auch das Autodach – und DA seh´ ich etwas und gleichzeitig komm´ ich auch drauf, was uns passiert war:
Wir – und bei diesem Satz schaut er Maurice wie bei jeder vorhergehenden Erzählnummer direkt in die Augen, die dabei einen besonderen Glanz widerspiegeln - *waren von einem Blitz getroffen worden!*
Diese Wendung hinterlässt eine sichtbare Wirkung bei der zweiten Zuhörerin. Keine Frage, das findet sie spannend.
Der Blitz ist direkt in unser Auto eingeschlagen, und zwar in die Antenne. Und die war jetzt komplett wech!

Während Sebastian das so dramatisch wie mögliche klingen lässt, hat er diesmal wieder das Gefühl, dass Maurice die in die werweißwievielten Wiederholung gepackte Erzählung genauso fesselt wie beim allerersten Mal.
Auch Sebastian kostet diesen Abschnitt aus.
Und warum hat uns der Blitz nicht getroffen? Warum waren wir nicht tot?
Das möchte auch die Gastronomin jetzt brennend gern wissen.
*Weil wir sozusagen in einem geschlossenen Kasten, nämlich unserem OMEGA, gesessen haben. Der hat uns geschützt. Wäre nur ein Seitenfenster runtergelassen gewesen, wer weiß, was dann mit uns geschehen wäre ...*raunt er dramatisch ins Mikrofon.
Maurice nickt ernst, seine Nachbarin blinzelt ungläubig.
Sebastian genießt den Moment der vollen Kontrolle und gönnt sich eine Kunstpause ...
... Du wolltest dann unbedingt nochmal zum Kreisel zurück, um die Antenne zu suchen. Da haben wir natürlich nichts gefunden, uns fast in Gefahr gebracht bei der Sucherei auf der befahrenen Straße.
Nur durch meinen Vorschlag, zur OPEL-Werkstatt zu fahren, konnte ich dich da weglotsen.
Dort haben wir die Sache erzählt, der Meister hat die Karre mit seinem Klapprechner kurz durchgecheckt und die Platine, die unter der Antenne montiert ist, inspiziert. Und siehe da, er hat unsere Einschätzung bestätigt: Blitzeinschlag.
Mann, da habt ihr aber Schwein gehabt, meinte er noch, als er´s schließlich auf dem Schirm hatte.
Später haben die von OPEL die Leitung unter der Antenne repariert und das Radio ausgetauscht. Du wolltest natürlich eins mit Kassettenteil, obwohl normalerweise nur noch welche mit CD-Player verbaut wurden.

Solche Bemerkungen bringen Maurice zum Strahlen.
Die Platine hast du noch lange behalten, die roch für dich so schön verbrannt. Wo ist die eigentlich geblieben?
LAGA LAGA! Heißt aus der Maurice-Sprache übersetzt: kaputt.
Ja, das war die Geschichte vom Blitz, versucht Sebastian die Aufnahme zum Schluss zu bringen.
Aber eins fehlt noch, denn Maurice zeigt fragend auf die Lampe, die über dem Tisch pendelt.
Ach ja, später sind noch einige Birnen in den Scheinwerfern und Rücklichtern verreckt. Das hatte der KFZ-Fritze schon vorausgesagt, wegen der enorm hohen Spannung, die da durchgejagt war.

Damit ist die Sache für Maurice gebongt. TOCK, Aufnahmestopp.
Ich bin beeindruckt, eine tolle Geschichte, lobt die Chefin, während sie sich langsam vom Platz löst, um ihre Arbeit wieder aufzunehmen.
Darüber sind die Bifteki kalt geworden. Kein Problem, Sebastian bekommt eine frisch frittierte Portion. Da hat Maurice seine Zwiebeln schon fast weggedrückt, danach wird er die Cola in einem Mal runterspülen.
Wen wunderst?

Später, als es ans Zahlen geht, kommt die Chefin auf die Geschichte zurück. Sie habe drüber nachgedacht.
Ihr seid Glückskinder, meint sie, und das klingt voll überzeugt
In meiner Heimat wäret ihr etwas ganz Besonders, so wie von den Göttern (sie benutzt tatsächlich den Plural) berührt oder vielleicht von Engeln beschützt.

Zur Feier des Anlasses hat sie zwei Ouzos auf dem Tablett, damit Vater und Sohn auf ihre Rettung oder Wiedergeburt anstoßen könnten.
So macht man das in Griechenland.
Maurice schnappt vor Freude nach Luft und Sebastian fällt kein Grund ein, das Angebot abzulehnen.
So trinken sie auf das Wunder vom Sommer 2006.
Selbst andere Gäste nicken ihnen von ihren Plätzen zu. So viel Aufmerksamkeit bekommen sie an richtigen Feiertagen nicht.
Für eine Nanosekunde wird der Moment für Sebastian durch den Gedanken beschattet, dass Maurice den zweiten Ouzo ins Ritual integrieren könnte und sie ab jetzt immer zwei trinken müssen ...
Die Leichtigkeit des Augenblicks wischt alles beiseite. Heute ist ein schöner Tag.

Im Wagen zurück ist Maurice damit beschäftigt, die brandneu bespielte Kassette so präzise wie möglich im Plastiksack zu verstauen. Das nimmt Zeit von der Uhr. Nebenbei setzt er das Radio in Gang.
Auf EINSLIVE läuft ein eingängiger Remix, *I took a pill in Ibiza To show Avicii I was cool And when I finally got sober, felt ten years older ...*

Hinweise

Aller Anfang:
Songtext von van Morrison, »Cyprus Avenue«. Zuerst erschienen auf Astral Weeks, 1968. Hier zitiert nach It´s Too Late to Stop Now, Live 1974.

Berufsverkehr:
Songtext von Lou Reed, »Perfect Day«. Erschienen auf Transformer, 1972.

Ssssh oder Vom Winde verdreht:
Musikalben:
Ten Years After, Ssssh, 1969.
Woodstock: Music from the Original Soundtrack and More, 1969.
Crosby, Stills, Nash & Young, Four Way Street, 1971.
Jimi Hendrix, Band of Gypys, 1970.
The Beatles, Abbey Road, 1969.
The Rolling Stones, Get Yer Ya-Ya´s Out! 1970.
The Doors, L.A. Woman, 1971.

Die Liebe im Netz:
Filmzitat: »Lost in Translation«, Regie Sofia Coppola, 2003.
Musikzitat: Pink Floyd, »Comfortably Numb«. Erschienen auf The Wall, 1979.
Songtext von Guns ´n Roses, »Paradise City«. Erschienen auf Appetite for Destruction, 1987.

Die Sieger:
Filmzitat: »Die Sieger«, Regie Dominik Graf, 1994.

Heldengedenktag:
Quellen
U-Boot-Archiv Wiki

en.wikipedia.org/wiki/German_submarine_U-25..
uboot-recherche.de
lexikon-der-wehrmacht.de
denkmalprojekt.org/u-boote/uboote

Die Geschichte vom Blitz:
Songtext von Mike Posner, »I took a pill in Ibiza«.
Erschienen auf At Night Alone, 2016.

Mein besonderer Dank gilt Klaus Großheide für das Lektorat.

www.ingramcontent.com/pod-product-compliance
Lightning Source LLC
LaVergne TN
LVHW050559160826
845677LV00011B/2369

* 9 7 8 3 0 0 0 7 3 1 3 1 0 *